婚活社長にお嫁入り
JN253434

婚《こん》活《かつ》社《しゃ》長《ちょう》にお嫁《よめ》入《い》り

名《な》倉《くら》和《わ》希《き》
ILLUSTRATION：兼《かね》守《もり》美《み》行《ゆき》

婚活社長にお嫁入り

LYNX ROMANCE

CONTENTS

婚活社長にお嫁入り

「ここか！」

三澤永輝《みさわえいき》は肩で息をしながら眼前にそびえ立つラグジュアリーなシティホテルを見上げた。築五年ほどの新しいホテルだ。まだ汚れのない外壁が三月初めのちょっと春めいた陽光を受けてピカピカと光っている。眩《まぶ》しいほどに。明るくてきれいで、いかにもお見合いにうってつけのホテル。

「ぶち壊してやる」

永輝は肩をいからせて正面玄関から堂々と入った。革靴を履き、ブランド物のジャケットを着てきて良かった。ホテルの従業員に見咎《みとが》められることなくエントランスを抜け、レストランが何軒か入っているフロアまでたどり着くことができた。

エレベーターを降りてすぐのところに、館内の飲食店の案内板があったので、そこで足を止める。

宿泊客だけでなく、隣接する私鉄駅の客も呼びこむためか、和洋中プラス伊のレストランが入っていて、テナントは合わせて十店をこえていた。

「………どの店だろう？」

まさかこんなにたくさん飲食店があるとは知らなかった永輝は、どの店に突入すればいいのかわからず、ここで足止めをくらうことになった。

「ああもう、店の名前を聞けば良かった……っ」

自分の失敗を悟り、頭を抱える。

「父さん、いまから電話して聞いても教えてくれないだろうな」

なにせたった一人の姉の見合いを、弟である永輝に当日の昼まで黙っていた父親である。母親が病気で亡くなって以降、当時高校生だった姉の藍《あい》が、まだ小学生だった永輝を母親代わりになって面倒を見てくれたせいで、立派なシスコンになったことを、父親はよーく知っている。だから直前まで隠していたのだ。

姉の藍は、自慢ではないが美人で気立ての良い女性だ。まだ二十五歳、わざわざ見合いなんてしなくても地元のマドンナ的存在で、より取り見取りなのだ。藍に想いを寄せている年頃の男はわんさかいる。その中でも、藍と同級生で幼馴染《おさなな じ》みでもある健也《けんや》とは友達以上恋人未満的な関係で、そのうち良い感じにまとまるのではないかと思っていた。

シスコン永輝も、健也が藍の相手になってくれるなら許せる。地元商店街の酒屋の息子で、そこそこハンサムなうえ真面目で、きっと藍を生涯愛してくれるのではないかと思っている。藍もまんざらではない雰囲気なので、健也が腹を決めて告《コク》ってくれれば、藍とすんなりまとまるに違いない。なにをちんたらしているんだと、永輝がやきもきしていたら——父親が勝手にセッティングした見合いに、藍は出てくるはめになってしまった。

相手はなんと、実家の取引先の会社社長で、藍より十歳も年上の三十代半ばでバツ一の子持ちだというではないか。

「父さん、なに考えてんだ。よりによってバツ一子持ち？　どんだけ自分本位の縁談に乗り気になってんだよ、もうっ！」

飲食店案内の前でぶつぶつと悪態をつく永輝だ。

永輝の実家は、三澤工芸という宝飾加工会社を経営している。会社といっても零細で、父親は社長兼職人だ。事務員は姉の藍。営業専門の社員が一人いて、職人が五人という構成になっている。主に大手のジュエリーショップの下請けをしていて、永輝は家業に関わっていないので詳しいことは知らないが、業界内ではわりと評判が良い工房らしい。おかげで経営は順調で、従業員の給与が滞ったことはないし、永輝はたいして賢くもないのに大学に進学させてもらった。

それが一変したのは昨年の秋だ。都内とは名ばかりの西方に工房を置いているのだが、台風の豪雨による被害を受けた。近年、大型で猛烈な台風が日本《にほん》に上陸するようになって、去年の夏から秋にかけては毎週のように日本は災害に見舞われていた。度重なる豪雨に地盤が緩んでいたのだろう、工房があったあたりが土砂崩れにあった。夜間だったこともあり、工房は無人で人的被害がなかったのは幸いだった。だが、三澤工芸は大切な加工用工具その他を失った。

経営者である父親はまさに東奔西走して資金を集め、工房を再建した。操業再開を待ってくれていた企業から注文が来て、三澤工芸はふたたび動き出したのだが――莫大《ばくだい》な借金が残った。

借金の総額がいくらなのか、月々の返済金がいくらなのか、永輝は知らない。父親が言わないからだ。会社の事務をしている姉にはだいたいのことがわかっているらしく、ものすごく心配している。銀行からの正規の借り入れでは足らなかったようで、あまり性質《たち》の良くない金貸しのところからも借りていると聞いた。金がないのなら永輝は大学を辞めたっていいと言ったが、父親は聞こえないふりをするばかり。

それはたぶん、永輝を会社の後継者候補から外しているからだ。

永輝は手先が器用ではない。美的感覚もない方だ。宝飾品の加工職人として繊細な作業ができ、かつデザインのセンスもある父親とはまるで似ていない。折り紙で鶴を折るのがやっとだったという亡くなった母親に、おそらく似ているのだろう。そのうえ、永輝は姉のように事務を任せられるほどには数字に強くない。つまり、父親にとって使い道のない息子なのだ。

役立たずのレッテルが貼られているのは重々承知で、それでも永輝は大学を受験するとき商科を選択した。自分に向いていないし、そもそも商科の勉強内容に興味が持てないでいるのだが、永輝なりの意地だった。父親を見返してやりたい。姉に恩返しがしたい。そのためならできるだけのことをするつもりでいるのに――いきなり姉の見合いだ。

十歳も年下の若い女を後妻にもらおうだなんて、とんでもないエロオヤジに違いない。結婚したら会社の負債を肩代わりしてくれるかもしれないが、それって、ほぼ身売りだ。いつの時代の話だ、これは。

藍には幸せになってほしい。母親が病魔に倒れてからずっと、姉は苦労してきた。頑固一徹の父親と甘えん坊の弟のために尽くしてきたのだ。好きな人と結婚してほしい。借金のために三澤工芸の取引先のバツ一子持ち社長の後妻に行くなんて、絶対にあってはならないのだ。

「ああもう、どのレストランだろう？　見合いなんだから個室があるところだよね。イタリアン……

はカジュアルな店っぽいからナシだ。蕎麦屋《そば》もナシ。この創作和食とフレンチがあやしいな。とりあえず行ってみようか？　でも店員が入れてくれないよな。どうする……」

永輝は見当をつけた店の方へと歩き出す。

そろそろランチタイムが終わる時刻だからか、レストランフロアは混雑していなかった。きょろきょろしながら建物の壁沿いに通路を歩いていくと、窓から東京《とうきょう》の高層ビル群が眺められる場所があった。自由に休憩していいスペースらしく、白いソファがいくつか置かれている。そのソファに中年女性が一人、座っていた。落ち着いたベージュのジャケットと紺色のパンツを穿《は》いていて、年の頃は五十歳前後だろうか。その女性の前には幼稚園児くらいの男の子がいた。

「お、可愛《かわい》い……」

思わず呟《つぶや》いてしまった。男の子は五歳くらいか。紺色のスーツをきちんと着ていて、窓にへばりついて景色を眺めている。横顔をちらりと見ると、目鼻立ちが整った賢そうなイケメンだ。いかにも都会に住むハイソな家庭の子息といった感じだが、まだ幼児だからかまったく捻《ひね》くれたところが感じられず、丸みがある頬《ほお》は指でつつきたくなるくらい柔らかそうだし、艶々と光って天使の輪ができている髪は撫《な》でたい衝動に襲われるほどだ。

女性と男児は連れだろう。祖母と孫だろうか。

じつは、永輝は子供が大好きだ。本当は、幼稚園教諭か保育士になりたかった。母親が生きていたら、そっちの道に進めたかもしれなかったが、父親には打ち明けられなかった。前時代的なところがある父親は絶対に許さないとわかっていたからだ。

ついふらふらと男児のそばに寄っていった永輝は、気配に気づいて見上げてきたつぶらな瞳に、にっこりと笑いかけた。

「なにが見えるの？」

男児は澄んだ黒い瞳でじっと永輝を見つめてくる。いきなり話しかけてきたお兄さん――男児からしたらオジサンかも――が、いったい何者なのかと訝《いぶか》しんでいるだろうとはわかっていたが、永輝は笑みが止まらない。子供に接する機会に巡り合えたのはひさしぶりだ。逃さないぞと、しゃがみこみ、男児と目線を合わせる。

「東京都庁が見えます」

男児がはっきりと答えた。永輝はちょっとびっくりする。幼稚園児にしか見えない子供が、東京都庁と迷わずはっきりと言葉にしたからだ。賢そうな顔つきだなと思ったが、どうやら当たっていたようだ。

「ほんとだ、都庁が見えるね。行ったことある？」

「ありません」

「俺は行ったことあるよ。富士山《ふじさん》が見えた」

男児の目がキラリと光った。興味を引くことができたらしい。

「地上二百二メートルの高さにあるてんぼう室まで上ったことがあるんですか？　西がわからは冬の

あいだだけふじ山が見えるときききました」

「そうそう。見たのは先月だから、二月だったな。冬のあいだは空気が澄んでいて、よく見えるんだって」

彼女とデートのついでに行ったのだが、その子とはもう会っていない。永輝は彼女がころころと変わる。そうしようと思ってそうしているわけではないのだけれど。

「北東からはスカイツリーが見えて、南東からは東京タワーが見えるんですよね」

「うん、そう」

男児は口元がうずうずしているようで、とても言いたいことがあるようだ。だいたい予想がつく。

「行ってみたい？」

「はいっ」

「だったらお祖母《ばあ》ちゃんに頼んで連れていってもらったら？　ここからすぐだよ。見えているんだし」

「あの人はぼくのおばあちゃんではありません」

男児がソファに座っている女性を指さした。「えっ、違うの？」と振り返った永輝に、女性は微笑《ほほえ》みかけてきた。

「私は家政婦です」

「あ、そうだったんですか」

家政婦とは、これまたハイソな家庭でしかあり得ない職種の人だ。永輝には想像がつかなかった。

「ぼくにはおばあちゃんがいますが、お仕事がいそがしくて、あまり会えていません」

「そっか、バリバリ働いているお祖母ちゃんなんだ。カッコいい？」

「はい、カッコいいです」

男の子は頷《うなず》いたあと、照れくさそうに頬を染めて俯《うつむ》いた。足元をもじもじさせているので、永輝も下を見る。

「その靴、ピカピカできれいだね。すごく似合っているよ。家政婦さんが磨いてくれたの？」

「これは、ぼくがみがきました」

「えっ、自分でやったの？」

「やり方を竹中《たけなか》さんにおしえてもらって……。竹中さんというのは、あの人です」

男の子が家政婦を指さした。彼女はにっこりと笑った。どうやら男の子は本当のことを言っているらしい。五歳で自分の靴を磨くなんて偉いな、と感心する。つい、よしよしと男の子の頭を撫でてしまった。びっくりしたように男の子が顔を上げたので、慌てて手を引っこめる。

「ごめん、馴《な》れ馴れしかったね」

「いえ……」

男の子はふるふると首を左右に振り、またはにかんだような表情をした。とてもキュートで抱きしめたくなるような顔だ。

「あの、ぼくはあまりあたまをなでてもらったことがないので、おどろいただけです。べつにイヤではないので、あやまらなくてもいいです」

その言葉に、永輝は不審感を抱いた。頭をあまり撫でてもらったことがない、なんてことがあるのだろうか。この子はまだ幼稚園児くらいなのに。永輝は子供のころ、母親に毎日なんだかんだと撫でられていたような気がする。なにかお手伝いをして褒めてもらったときとか、なんの理由もなく通りすがりに、とか。

思わず問うように竹中をちらりと見る。永輝がなにを聞きたくてアイコンタクトを取ってきたか察しただろうに、竹中はなにも言わずに微笑んでいる。出会ったばかりの若者に、そうおいそれと家庭の事情を話すわけがない。当然だ。竹中は優秀な家政婦なのだろう。

「隼人《はやと》さん、休憩はそろそろ終わりにして、席に戻りましょうか？」

「もういいかな」

「いいと思います」

隼人と呼ばれた男の子と家政婦は頷き合っている。たぶんこのフロアの飲食店のどこかで、隼人の親が食事をしているのだろう。こんなに賢い隼人が食事の席でじっとできないわけがないから、子供には聞かせたくない内密の話でもあって、わざわざ家政婦が連れ出したのかもしれない。「では……」と、家政婦が立ち上がりかけたときだった。

「うっ」

呻《うめ》いたきり、家政婦が中腰のまま動かなくなった。みるみる顔色が悪くなっていく。永輝はピンときた。素早く女性の体を支えて、ソファに戻す介助をする。

「腰ですか？　やっちゃった？」

がくがくと頷く女性と隼人に「ちょっと待っていて」と言い置いて、すぐ近くの蕎麦屋に駆けこんだ。ちょうどランチタイムが終わったときだったらしく、店員たちが掃除に取り掛かっている。

「すみません、すぐそこで女性が動けなくなっているんです。ホテルに連絡して、対処を聞いてもらっていいですか？」

蕎麦屋の店員たちは反応よく動いてくれた。ホテルに問い合わせると、すぐに詰襟の制服を着た男性従業員が何人かやってきて、救急車を呼んだと伝えてくれる。

「車椅子《くるまいす》を持ってきました。これに乗れますか？　ホテルの裏口まで運びます」

折り畳み式の車椅子を広げて、男性二人にそっと持ち上げられて女性はソファから移動した。このままエレベーターへ、という段になって、女性が「待ってください」と止める。

「すみませんが、どなたか坊ちゃんを旦那様のところへ連れて行ってあげてください。『いすゞ』の個室でお食事中です」

「わかりました」

永輝と従業員が請け負うと、女性はホッとしたように脱力した。かなり痛むようで額に脂汗を滲《にじ》ませていたが。

エレベーターに乗って去っていく女性を、隼人が心細そうに見送っている。いくら賢い子でも、そばにいてくれる大人がいなくなったら寂しいだろう。はやく親のところに送り届けなければ。

「よし、行こうか」

隼人と手を繋《つな》いだ。他意なく小さな手を握ったのだが、なぜだか隼人がびっくりした顔で見上げてくる。何度か瞬《まばた》きをしたが、隼人はなにも言わなかった。

永輝と一人残ったホテルの従業員は、隼人を連れて『いすゞ』へ向かった。個室があるかもしれないとあたりをつけていた和食の店だ。永輝だけでは不審がられたかもしれないが、従業員も一緒だったのですんなりと奥に通され、店員に個室へ案内された。格子状の引き戸と襖《ふすま》で二重になった入口の奥に、青い畳が美しい和室があり、品の良い光沢を放つ座卓が見えた。そこに向かい合って男女が座っていて――永輝はぽかんと口を開けた。

なんと、そこに座っていたのは姉の藍だったからだ。藍もびっくりした顔で永輝を見ている。藍は春っぽい華やかな印象のピンク色のワンピースを着ていて、うっすらと化粧をしていた。会社の事務室で仕事をしているときは、いつもすっぴんなのに。

ということは――。

「えっ、えっ？」

まさか、ここが見合い会場？　ってことは、そこに座ってこっちに背中を向けているのは見合い相手？　ってことは、この子は見合い相手の子供？

藍の正面に座っていたスーツの背中はぴしっと伸びていて、無駄に太ってもいなければ変に痩《や》せてもいない。髪はすっきりとカットされていて襟足には清潔感しかなく、エロオヤジ感はなかった。

「お父さん」

隼人が呼びかけると、スーツの男がゆっくりと振り向いた。

（うわぁ！）

やや面長の輪郭に、配置良く収まった目鼻と口。涼しげな目元と細い鼻梁《びりょう》は上品で、メタルフレームのメガネが異様に似合っていた。唇までが薄かったら酷薄そうな印象になりそうだが、こちらは微妙に厚めで、なんとなく情が深そうに見えるから不思議だ。色白で、いかにもインドアに生きる男っぽいが、軟弱な感じはなかった。仕立ての良さそうなスーツに包まれた胸が適度に厚くて肩幅がかっちりと広いからだろう。

（ヤバい、この人、俺の好みのど真ん中……！）

思わず目を奪われてガン見してしまった。

永輝《はるき》はバイセクシャルだ。女性と付き合うことはできるが、男性にも惹《ひ》かれる自覚がある。だが二十歳《たち》になるこの年まで男性と付き合ったことはなかった。そこそこの容姿をしているおかげで女性から頻繁に告白され、付き合う相手に不自由したことはなかったせいで、なんとなくここまできた。

男性にも惹かれることは、家族にも親しい友人たちにも、だれにも打ち明けていない。ケイタウンと呼ばれる界隈《かいわい》に興味はあるが、いまいち勇気が出なくて行ったことはなかった。そもそも自分の好みにぴったり合うような男が、その界隈にいるのかどうかわからない。

自分よりも年上で頭が良さそうでエリート然とした細マッチョ。伊達《だて》でも本物でもどちらでもいいからメガネ。清潔感があり、しっかりしていて頼もしくて――と、経験がないくせにうるさいのだ。

（ここにいたよ！　すげーっ！）

衝撃のあまり凝視してしまったせいか、隼人の父親らしきその男に不審そうに首を傾《かし》げられる。

「なんでしょうか？」

「ご歓談中、申し訳ありません」

永輝の隣で店員が頭を下げた拍子に、ハッと我に返った。姉の見合い相手に見惚《みと》れている場合ではない。慌てて手を繋いだままの隼人を見下ろした。

「あの、この子……隼人君のお父さんですか？」

「はい、そうです」

鷹揚《おうよう》に頷きながら、男は事態の説明を問うように隼人に視線を向ける。おそらく家政婦は、見合いの当事者たちを二人きりにさせるために、ここから隼人を連れ出したのだ。座卓の上には、もう一人分の箸《はし》と小皿があり、すこし使った形跡が見て取れた。隼人の席だろう。

「隼人、竹中さんはどうした？」

「お父さん、じゃまをしてごめんなさい。竹中さんがうごけなくなってしまって、この人たちがぼくをここまでつれてきてくれました」

「動けなくなった？　どうして？」

隼人が助けを求めるように永輝を見上げてきたので、「たぶん、ぎっくり腰です」と説明した。

「たまたま俺が居合わせたのでホテルの従業員に来てもらって、救急車を呼んでもらいました。運ばれていくときに、隼人君をお父さんのところへ届けてほしいと頼まれまして」

「なるほど、そういう訳ですか。お手数をおかけして申し訳ありません」

男は座布団の上でくるりと体の向きを変え、丁寧に頭を下げてきた。頭頂部の髪は豊かで、ハゲの兆しはなかった。

「永輝、あなた、どうしてここに？」

それまで黙っていた藍が口を開いた。まっすぐに澄んだ目を向けられて、永輝はうっと黙る。

「私の見合い話を聞きつけて、ここまで来たのね？」

「……ごめん……」

藍は怒っている様子はなく、ただ「仕方のない子ね」と母親のような眼で見つめてくるだけだ。

「藍さん、この若者とお知り合いですか？」

男に聞かれ、藍は「はい、弟です」とあっさり答えてしまった。見合いをぶち壊す目的で駆けつけたのは本当だが、想像していた登場の仕方と違う。勢いよくバーンと突撃して見合い相手を罵倒してテーブルのひとつでも蹴倒して藍を強奪するようにして連れて帰ろうと画策していたのに。

「弟さんですか。では、三澤社長の長男の永輝さんですね。はじめまして」

「は、はじめまして。三澤永輝です」

三澤家のプロフィールを知られているらしい。見合いなのだから当然か。

「私は佐々城博憲《ささきひろのり》といいます。宝飾品会社SaSaKiの取締役社長をしております。いつも三澤社長にはお世話になっています」

「佐々城……って、あのSaSaKi？」

ギョッとして問い返せば、藍がちいさく頷いた。サーッと頭から血が下がっていく音がする。

SaSaKiといえば、老舗の宝飾品会社だ。日本国内だけでなく世界中に店舗を持ち、セレブ用の超豪華なジュエリーから、一般人用の結婚指輪まで手広く商売をしている。真珠の養殖にも力を入れているのは有名だった。業界にそれほど詳しくない永輝ですら、そのていどのことは知っている。それほどSaSaKiは有名で、日本を代表する宝飾品会社なのだ。

（そのSaSaKiの社長がこんなに若かったなんて、知らなかった……）

明治時代に創業しているはずなので、この男で何代目かになるのだろうが、いつ代替わりしたのか知らなかった。

「お知り合いでしたか」

店員が永輝の顔を困惑気味に眺めたので、もうここは腹を括《くく》ろうと、靴を脱ぐ。隼人にも脱ぐように促すと、素直にぴかぴかの革靴を脱いで座敷に上がった。店員は「お茶をお持ちいたします」とホテルの従業員と一緒に引っこんでいく。

永輝は食器が置かれていないところに正座した。座布団はないが、この際、どうでもいい。隼人は手を離したら、父親の横に座った。

「佐々城さん、俺がいまここにいるのは、姉の見合いをお断りしたくて駆けつけたからです」

「ちょっと、永輝……」

藍が慌てて止めようとしたが、永輝は構わずに続けた。

「今回の見合い話は、父が勝手に決めたことです。姉には想う人がいるんです。すみませんが、なかったことにしてもらえませんか」

永輝は畳に両手をついて深々と頭を下げた。いわゆる土下座だ。

見合い相手が佐々城だったことで、父親がどれほどこの縁談に真剣なのかわかる。永輝に知られないよう、藍にも口止めをして、今朝まで隠し切った。父親はそれほど金銭的に困窮しているということだ。この見合い話を壊せば、三澤工芸はどうなるか――。

（いや、それは父さんがどうにかすることで、姉さんには関係ない。人身御供《ひとみごくう》のように嫁がされるなんておかしい）

永輝は頭を下げたまま動かなかった。佐々城が「わかった」と言ってくれるまで、テコでも動かないぞと覚悟を決めている。佐々城は、見かけは凜《りん》として爽やかだが、十歳も年下の藍と見合いをするような男なのだ。そう簡単には了承してくれないだろうが――。

「そういうことなら、今回の話はなかったことにしましょうか」

「へっ？」

空耳かと疑うほどにあっさりと佐々城が言ったので、永輝はバネ仕掛けの人形のように体を起こした。佐々城は表情を変えることなく、納得したように頷いている。

「藍さんはまだお若い。私にはもったいないほどの人だと思っています。想う人がいるのなら、その方と一緒になった方がいいですよ」

言葉は優しいが佐々城の表情筋はあまり働きものではないらしく、ほぼ真顔。言われた藍は戸惑ったように佐々城と永輝を交互に見ている。本気で佐々城が見合いをなかったことにしようとしているのか、判断がつかないのだろう。永輝もそうだ。

「あの、本当にいいんですか？　再婚相手を探しているんですよね？」

疑ってかかる永輝に、佐々城は気分を害した様子もなく、「それはそうですが」と言いつつ傍らの隼人を見下ろす。

「息子の隼人はいま五歳です。妻とは二年前に離婚しまして、以来ずっと二人で暮らしてきました。家事はすべて家政婦に頼んでいるので私はとくに不自由は感じていないのですが、小学校に上がる前の幼児がいる家庭に母親がいないのはどうかと身内にさんざん言われまして。それで勧められるままに婚活をすることになったんです」

隼人はちらりと上目遣《づか》いで佐々城を見たが、なにも言わない。父親の再婚について大賛成の態度ではないように思う。とはいえ、この場でとくに口を挟むつもりはないとでも言わんばかりの落ち着きようだ。普通の五歳児なら場の空気を読むことなんてしないだろうし、父親の再婚が嫌なら嫌、良い

なら良いとはっきり言いそうなものだ。一般的な五歳ではない。

第一印象から、賢そうな子だと思ったくらいだから、もっと会話をしていけば、驚くほど知識が豊富で聡《さと》い子かもしれない。母親が不在の家庭で、ひとりで勉強だけをしているのだとしたら問題だ。

（隼人君、いつもこんな感じだとしたら、幼稚園で絶対に浮いているよね……）

友達がいないならなおさら、孤独感は半端ないに違いない。

あまりにも行儀が良くて聞き分けが良い子は、その分とても心配になる。もっと子供っぽくしていてもいいんだよ、一緒に遊ぼうかと、抱きしめてあげたくなってしまう。

「それでは、藍さん、今回の話はなかったことに」

「はい。すみません……」

父親の借金のために食い下がる懸念があったが、藍は静かに頷いた。やはり藍も、父親の顔を立てるためにとりあえずこの場には来たが、本当に佐々城の後妻に収まるつもりはなかったようだ。

「では、隼人。帰ろうか」

「はい」

隼人がさっと立ち上がった。佐々城が「失礼します」と頭を下げて座敷から出て行こうとする。

「お父さん、竹中さんがいないので、夕ごはんはどうしますか？」

「そうか、その問題があったな。今夜は出前をなにか頼もう。だが明日は――」

佐々城が振り返った。「永輝君」と呼びかけられて、ドキッとする。

「竹中さんは救急車で運ばれたと言っていたね。それほど重傷のようだったか？」

「えっ……と、その点はわかりません。どの病院に搬送されたのかも知らないので……。ぜんぜん動けない感じでしたけど」

「そうか……」

佐々城はかすかに眉を寄せ、視線を落とす。

「すぐに復帰できればいいんだが、そうでなければ代わりの家政婦を探さなければならないな……。竹中さんは隼人とうまく付き合ってくれたから、安心しきっていた。あの人レベルの家政婦がすぐに見つかるとは思えない。隼人、相性が悪そうな人が来ても、我慢してくれるか？」

「ぼくはいつもなにもしません。かせいふさんがかってにおこって、来なくなるんです」

「ああ、そうだったな。すまない。隼人のせいじゃなかった」

そんな会話をしながら親子はそれぞれ靴を履いている。

なんとなく事情は察することができた。佐々城は家事を一切しないので、さっき自分で言っていた通り家のことはプロの家政婦任せ。けれど隼人がネックになって、なかなか長く勤めてくれる人が見つからないということだろう。

たしかに、隼人がこの調子で喋《しゃべ》っていたら、薄気味悪いと思われても仕方がない。もしかしたら家政婦の仕事内容について、細々と指示を出したり注意したりしていたのかもしれない。家政婦としては厄介な子供だ。不幸にもぎっくり腰に見舞われた竹中は、その点、うまく隼人と付き合えていたのだろう。

佐々城家がどこにあって、どのていどの規模の家に住んでいるのか知らないが、この親子を二人きりにさせるのは心配だ。佐々城は隼人の世話を一人できちんとできるのだろうか。いくら賢くても隼人はまだ五歳の幼児だ。放っておいていいはずがない。

視界の隅で藍が動いたのが見えた。佐々城の後ろ姿に声をかけようとしている。マズい。藍がなにを言おうとしているのか、生まれたときからの付き合いである永輝には察することができた。親子の生活に関わる切実な問題を耳にして、藍が黙っていられるわけがないのだ。優しくて世話焼きの性格は伊達ではない。

藍が言い出す前にと、永輝が「佐々城さん」と呼び止めた。

振り向いた佐々城は、まだなにか？　と言いたげな目をしている。永輝になにも期待していない目だ。

言い出すのには勇気がいったが、自分が言わなければ藍が言ってしまう。気合いをこめて見つめ返した。

「俺が家政婦代わりにお宅の家事をしましょうか。竹中さんの腰が治るまでの期間限定で」

「えっ？」

佐々城親子が同時に目を丸くした。そっくりな表情に、そんな場合ではないのにプッと吹き出しそうになってしまう。視界の隅で藍も驚いているのがわかったが、あえて見ないようにした。藍はきっと、いま永輝が言ったことを申し出ようとしたのだ。だがそんな危険なこと、永輝は許可できない。

佐々城は見合いをなかったことにしようと言ってくれたが、藍が家に出入りなどしたら、周囲の人間がどういう目で見るのか、容易に想像できる。お互いに気に入ったらしいと、勝手に結婚の準備を進められてしまうかもしれない。佐々城は後妻についてあまりこだわりがないようだから、周囲が段取りしたら、流されそうだ。

かといって、藍は佐々城親子を放っておけない。この場合、永輝が一肌脱ぐしかない、というわけだ。都合がいいことに、永輝は家事が一通りできる。母親が亡くなったときはまだ小学生で、それまではちょっとしたお手伝いくらいしか経験がなかったが、すこしずつ藍に教えてもらい、中学生のころにはだいたいできるようになった。藍だけに負担を押しつけるのは嫌だったから、頑張《がんば》って覚えたのだ。

「三澤家の事情はご存知でしょう？　母親を早くに亡くしたので、家事は姉と分担してやってきました。プロの家政婦と比べたらレベルが違うと思いますけど、一般的なことならできます」

「だが……、君は学生だろう？」

戸惑い気味ながらも、佐々城が乗り気っぽい訊《たず》ね方をしてきた。ここぞとばかりに、永輝は自分を売りこんだ。

「大学生です。でも、いまは春休み中です。四月はじめまで、あと一カ月のあいだは自由がききます。二月末までファストフード店でアルバイトをしていましたが、いまはなにもしていません。ちょうど別のバイトを探していたところだったので、大丈夫です」

「………君は、さっき息子と手を繋いでいたね」

佐々城は隼人を見下ろし、しばし息子と目を合わせていた。言葉は発していないが、なんだか目と目で会話でもしているかのような間《ま》が流れる。

「どうやら、息子は君を気に入ったようだ。あんなふうに緊張せずに手を繋いでいる息子は珍しい。そうは見えないかもしれないが、かなりの人見知りなんだ」

「そうなんですか」

隼人がそれほど神経質なタイプだとは気づかなかった。なにげなく手を繋いでしまったが、もしかしたら隼人は苦痛だったかもしれないのだ。

「ぼく、お兄さんに竹中さんの代わりをしてもらいたいです」

隼人が佐々城に訴えるようにスーツの裾を摑《つか》んだ。永輝にとっては強烈な援護射撃となる。しばらく黙りこんでいた佐々城だが、ひとつ息をついて、改めて永輝に視線を合わせてきたときには、もう心が決まっている感じだった。

「本当にいいんだね？」

「はい」

男に二言はない。たった一人の姉をバツ一子持ちの社長から守るためなら、家政夫だってなんだってやってやる。隼人が可愛くて、佐々城が好みなのは役得というものだ。そのくらいのご褒美があってもいいだろう。きっと神様も許してくれる。

「そういうわけだから」

藍にニッと笑いかけると、ため息まじりの苦笑を返された。


（連れてきてしまったが、いいのだろうか……）

佐々城博憲はバックミラーで車の後部座席に座る三澤永輝をちらりと見る。自宅への道を走りながら、いつになく明るい声を出している隼人に、複雑な心境になっていた。息子が喋っているのは、今日はじめて会った若者なのだ。

「そうか、幼稚園の年中さんかー。担任の先生ってどんな人？　美人？」

「たんにんはミドリ先生です。びじん……かどうかは、見る人によるとおもいます」

「それはそうだけど、隼人はどう思っているのか聞きたいな」

「ぼくは、やさしくてあったかいかんじがするミドリ先生は、その、すきです」

隼人がすこし照れくさそうに答えたので、佐々城は驚いた。息子のそんな表情を見たのははじめてだった。

（すごいな、永輝君）

いとも簡単に人見知りの隼人と馴染み、稀《まれ》な表情を引き出すことができた永輝に、心から感心する。

隼人は五歳児の平均よりも知能が高いらしく、年相応の子供っぽさがない。まず言葉遣いが丁寧だ。いつからそうだったのか、佐々城は覚えていない。二年前、離婚して父子家庭になってからやっと一人息子とまともに向き合ったくらい、家庭に関心がなかったせいだ。

三歳になるまで、ほぼ子育てに関わってこなかったせいだろう。妻が出ていって二人きりになったというのに、隼人は佐々城に甘えようとはせず、他人行儀とも言えるほどの距離を置く。これではマズいのではと思うが、具体的にどうしていいかわからない。

そうこうしているうちに二年もの月日がたち、いい加減に痺《しび》れを切らした妹から「再婚しろ」と命じられた。

「隼人がおとなしくて手がかからないからって放置しておくのも、いい加減にしなさいよ。兄さんは父親でしょう。息子の生育にもっと真剣になった方がいい。いくら信頼できる家政婦が見つかったからって、任せきりにしていいわけがないでしょう。五歳でもう小学二年生レベルの漢字を勉強している子なんて、めったにいないわよ。幼稚園で浮きまくっているに決まってる。もっと心配して！」

妹の和美《かずみ》はSaSaKiでジュエリーデザイナーをしている。三十二歳の独身だが、結婚を約束した相手が社内にいるらしい。たった一人の甥《おい》っ子の行く末をとても案じてくれているのは知っていたが、それがどうして兄である自分の再婚に繋がるのか。

「きちんと家庭を持った方がいいからよ。こんどこそ温かい家庭を築きなさい。自分のなにがどう悪くて離婚に至ったのか、わかっているでしょう？　仕事一辺倒の生活を改めて、早く家に帰って、隼人に本当の家庭というものを教えてあげてよ」

妹は楽観的すぎる。そう簡単に温かい家庭が作れるとは思えない。けれど佐々城の言動と心がけしだいだと言われれば、それもそうかもと思わないでもない。

ちょうど五年前、結婚した直後に先代社長である父親が突然亡くなった。佐々城は勤めていた総合商社を辞めて、急遽《きゅうきょ》、SaSaKiの社長に就任した。

ばたばたしていた。それはもう、とんでもなく。必死だったという言い訳は、いまさらだ。

あのころ、多忙を極めていたけれど、ほんのすこしでも妻に対する労《いたわ》りと感謝の気持ちがあれば、そしてそれを言葉に出す余裕があれば、離婚に至っていなかったかもしれない。

「仕事をセーブして、家庭に目を向けてみて。隼人と遊んであげて。あの子、家ですることがないから勉強しているんじゃない？　わがままのひとつも言わないなんて、おかしいわよ」

和美だけでなく、母親にまで似たようなことを言われてしまっては、見合い話を断れなかった。相手は先代からずっと関係がある三澤工芸の社長の娘。どうやら母と妹は、その女性がたまたま納品に来たときに会い、気に入ったようだ。とりあえず会ってみよう、すぐ決めることはない、再婚は時間をかけてゆっくり考えていく、そんなつもりだった。

三澤藍は清楚《せいそ》な美人で、聞いていた通りにまだ若く、決して自分を卑下しているわけではないが、バツ一子持ちにはもったいない女性だと思った。しかし、おとなしすぎてなにを話したらいいかわからない。会話はまったく弾んでいなかった。弟の永輝が登場したときは驚いたが、はきはきとしていてわかりやすいところと、まっすぐ目を見つめてくる気の強さが気に入った。

外見はいまどきの大学生らしく軟派な恰好《かっこう》をしているが――髪が茶色だし、全体的に長い。ジーンズにはチェーンがついていて、絶えず金属音がしている――あの三澤社長の息子だ。きっと芯がしっかりしている、信用に足る青年だろう。

「隼人はどんなおやつが好き？」

「おやつ、ですか？　ぼくはなんでも……」

「いつもなにを食べているの？　竹中さんはどんなものを用意してくれる？」

「手作りのパンケーキとか、プリンとか、ドーナツとかです」

「へー、さすがプロだなぁ。おやつは手作りなんだ。じゃあ、俺もなにか作ってあげるよ。なにがいいかな。和菓子は好き？　みたらしだんごとか、どう？」

隼人が目を見開いた。頬がわずかに紅潮しているさまが、いまさらながら可愛く見えた。

「たべたいです」

「そっか、じゃあ明日作ってあげる。今日は竹中さんが用意したものが家にある予感がするからね」

「そういえばクッキーがあります。昨日、二日分を焼いたって言っていました」

「おお、クッキーか。俺もプロが焼いたクッキーを食べてみたい。一個、もらってもいい？」

「どうぞ」

そんなありきたりの会話さえ、佐々城には新鮮だった。隼人が楽しそうに喋っている。だれもができることではない。それを佐々城はよく知っているからこそ、これはもう永輝をきっちり捕まえておかなければと最重要ミッションに位置づけた。

家に着いたらまず報酬金の話をしよう。それから勤務時間と、家事の内容。いまどきの大学生は時給いくらぐらいを払えば喜んでくれるのだろうか。隼人を手懐《てなず》けることができるという特殊技能を持った若者だ。こちらとしてはいくら払ってもいいくらいの気持ちだが、あまり払いすぎても良くないように思う。

時給で悩んでいるうちに自宅まで戻ってきた。いわゆる高級住宅街の一角に、戸建ての家を持っている。結婚したときに建てたので、まだ六年くらいしかたっていない。車内からリモコンでガレージのシャッターを上げ、車を入れる。ガレージは二台分のスペースがあるが、いまは一台しか車がない。

ガレージを出て庭に入ると、永輝が「わー、きれいに剪定《せんてい》してありますねー」と英国風の庭に感嘆した。自宅の玄関に足を踏み入れると、さらに驚きを表す。

「うわぁ、すごい。天井高ーい」

天井を見上げてぽかんとしている。

「すごい、テレビの豪邸訪問みたい。ふわー、ここの床って大理石ですか？」

たいした規模の家ではない。家族が増えてもいいようにと部屋は八室作ったが、ゲストルームは二室しかないし、バスルームは二つしかない。佐々城の実家は、この倍くらいの屋敷で、住みこみの使用人が三人もいるのだ。ここは通いの家政婦が一人だけだった。

「君の家だってこのくらいはあたりまえなのでは……」

「えー、まさか。俺の家なんて、父が三十年前に建てたすごくちいさい家ですよー。庶民も庶民、ドがつくくらいの庶民ですから。とにかく父が、稼いだ金はほとんど従業員に還元しちゃうから、母はいつも遣《や》り繰《く》りに苦労してました。こんな豪邸なんて夢のまた夢ですよ」

あははは、と永輝は明るく笑う。庶民だと言うが、永輝は基本的なしつけはきちんとされていて、どことなく品が良い。いまも脱いだ自分の靴を玄関の隅にそっと揃《そろ》えて置いている。さりげなく、自然だ。いつも自宅でもそうしているに違いない。

「さーて、ちょっとキッチンを見せてもらいます」

永輝は勝手にスリッパを出して履くと、隼人を従えて中に入っていく。隼人はすっかり永輝に懐き、離れなくなっていた。いっしょになって冷蔵庫の中を覗《のぞ》きこんだりしている。

細かい雇用条件についての話し合いは後回しにして、佐々城は家政婦派遣会社に電話をかけた。事情を話し、搬送された病院に問い合わせて竹中の病状を後日報告してほしいことと、復帰に時間がかかるようなら別の家政婦を探してほしい旨、お願いする。

永輝の家事能力がどれほどのものかわからないが、隼人の遊び相手として通ってもらうことはもう決めた。家事よりも隼人を優先してほしいので、サポートするための人手は必要だと思う。

「佐々城さーん、お茶しませんかー？」

呼ぶ声に「はい」と返事をして、ダイニングへ行く。わずか五分ほどでテーブルの上にはクッキーを載せた皿とティーカップが置かれていた。ガラス製のティーポットの中には紅茶がたっぷりと淹《い》れられており、茶葉がひらひらと舞っている。

「素早いな……」

思わず呟いたら、永輝は微笑みながら隼人の頭を撫でた。

「隼人が食器の場所を教えてくれたので助かりました。この子、本当に賢いですね。隼人、調理器具の置き場とか、洗濯室の使い方、あとで教えてくれる？」

「はいっ」

隼人が目をキラキラさせて元気よく頷いた。自分の知っていることが永輝の役に立つと知り、興奮しているようだ。

（神だ……）

永輝に後光がさして見える。気のせいではないだろう。もはや神。いや、それは失礼かもしれない。この若者はれっきとした人間で、佐々城家に神の恩恵を与えるために降臨したわけではないのだから。

ではなにに例えればいいのか——と悩みはじめそうになったが、あとにしよう。

「永輝君、これからのことを話しておきたいんだが」

「あ、はい」

テーブルに頬杖をついて隼人と喋っていた永輝が、手を下ろして背筋を伸ばし、佐々城に向き直った。やはり行儀が良い。自覚がないらしいが、永輝には好感しか抱けない。

「一日の労働は八時間、フレックスタイム制にして、週五日。時給は二千円でどうだろうか」

「…………は？」

永輝は目と口を丸くして、まじまじと佐々城を見つめてくる。どうやら条件が悪かったようだ。

「では一日六時間で、時給三千円にしよう」

「あの、なにを言っているのか、わかってます？　大丈夫ですか？」

永輝が眉間に皺《しわ》を寄せたので佐々城は焦った。繋ぎ留めなければ。

「では時給五千円で――」

「そんなにいりません」

「えっ？」

「だから、そんなにいりませんって。時給五千円なんて、俺、どんなスーパー家政夫なんですか。素人だっていうのに」

「だが隼人の面倒を見てもらうのは大変だと思うので……」

「大変？　そうですか？」

永輝は隼人と顔を見合わせ、首を傾げている。彼にとってはそんなに大変なことではないらしいと気づき、（素晴らしい！　さすがだ！）と心の中で拍手する。

「俺の提案なんですけど、報酬は日給にしませんか？　日によっては朝から晩までここにいることになるかもしれないでしょ。時給計算にしておくと、一カ月後には、すごいバイト代を俺に払うことになりますよ」

「正当な報酬ならば払う。しかし長時間ここにいてくれるつもりがあるなら、日給では君が損をすることになりかねないぞ」

「ここでいっしょにご飯を食べさせてくれれば食費が浮いて、俺はそっちの方が嬉《うれ》しいんですけど」

「まさか君は、私と隼人が、君が作ってくれた料理で食事をしている横で、なにも食べないつもりだったのか？　もちろんいっしょに食べてくれればいいんだ。我が家の食卓には沈黙しかないのが常だった。君がいればとても明るく楽しくなりそうだ」

夕食までいてくれとこちらからお願いしたいくらいなのに、なんて謙虚なんだろう、と佐々城は感動のあまりぐっと胸が熱くなった。握った拳がぷるぷると震える。

佐々城は落ち着くために深呼吸を繰り返した。

「では、食事付きで日給二万円。これでどうだ」

「そんなにいりません。一万でいいです」

「一万円？　安すぎないか？　八時間労働したら時給に換算すると千二百五十円だぞ」

「それくらいが普通じゃないですか？　竹中さんと違って俺は素人ですし、あんまり出しすぎると俺が調子に乗りますよ」

からかうように永輝は笑ったが、すこしくらい調子に乗っても構わないと思える。

「こちらは君に来てもらいたいんだ。私は毎日仕事がある。もし時間があっても家事はまったくできない。だれかが家事をして、隼人の面倒を見てくれないと非常に困る。一日に二万円払っても安いくらいだ。土日はできるだけ家にいるようにしているが、どうしても出かけなければならない用事ができることもある。そういう日は、君に朝から晩まで隼人といっしょにいてもらうかもしれない。日給一万では、十時間いたら時給千円にしかならないぞ」

永輝という逸材を離したくないから熱をこめて語っているのに、当人は肘をついて呆《あき》れたような表情になっている。これはどうしたことだ。熱意が伝わっていないのか。

「んー……わかりました。じゃあ、あいだを取って、日給一万五千円にしましょうか。それで決まり」

「それでいいのか？」

「だから俺はプロの家政夫じゃないですし。もし隼人が風邪でもひいて幼稚園を休む日があって、俺が朝から晩まで十二時間くらい看病したり病院に連れて行ったりしても、一万五千円ぽっきりでいいですからね」

「それでは君が損を……」

「俺のバイト代に関する話はこれで終わり」

永輝が強引に切り上げた。しつこくして機嫌を損ねてもマズい。仕方がないので諦めた。

その後、食材の買い出しについてだとか、隼人の一日のスケジュールのことだとか、だいたいの取り決めをした。

とりあえず本格的に家政婦代わりになってもらうのは明日からにして、永輝は夕方まで隼人とお喋りしたあと、帰ることになった。明日は月曜日なので、佐々城と隼人も朝から不在になる。永輝に玄関のスペアキーを渡した。永輝はなぜか受け取るのをためらった。

「俺が言うのもなんですけど、佐々城さん、他人を信用しすぎなんじゃありませんか？」

「君が言いたいのは、会って間もない君を信用して自宅に連れ帰ったり、安易にスペアキーを渡したりするのはいかがなものか、ということなのかな？　永輝君とはたしかに今日が初対面で、おたがいを深く知り合っているわけではない。だが私は君の素性を知っているし、すこし話しただけでも信用に足る人物だと思っている。隼人が気に入った人が悪い人間だったためしはないんだ。たとえスペアキーを預けたとしても、なにも問題は起こらないことを、私は確信しているよ」

口先だけでなく、佐々城はすでに永輝を心から信用しきっていた。もし裏切られることになったら、すべては佐々城自身の責任である。

永輝は「仕方がないか」といった顔になり、佐々城からスペアキーを受け取ってくれた。

三澤家まで車で送ると申し出たのだが、永輝は「家政夫を雇い主が自宅まで送迎するなんて聞いたことありませんよ」と笑って、玄関から歩いて駅に向かってしまった。

そんな爽やかな若者の後ろ姿を、隼人と二人で見送った。隼人の横顔が、すこし寂しそうに見えた。

「永輝さん、あした、来てくれるでしょうか……」

ぽつりと隼人が呟く。佐々城は「来てくれるさ」と確信をもって頷いた。

その夜は出前を頼んで食事を済ませ、就寝した。翌朝は家政婦が買い置きしておいてくれたパンとミルクで食事をし、身支度をする。隼人は身辺の自立がほぼできているので手はかからない。通園カバンの中の連絡帳とお便りだけは佐々城がチェックするが。

二人とも、いつもの平日の朝と同様の時間に用意を完了した。そこにインターホンが鳴る。佐々城の秘書が迎えに来たのだ。隼人と連れだって外に出た。

「社長、おはようございます」

玄関の前に、浅野《あさの》がいた。すこし白髪まじりの頭髪は短く整えられ、地味なグレーのスーツを身に着けている。身長はそんなに高くないが、健康で丈夫そうながっしりとした体格の持ち主だ。実際、浅野が病欠したことはない。おそらく佐々城が知らないところで、かなり厳しく自己管理をしているのだろう。

「おはよう」

五十代半ばの浅野は五年前まで父親の秘書だった。佐々城が跡を継いで社長に就任したとき、こちらから頼んで秘書になってもらった。浅野の有能さはかねてから父親に聞いていたので、SaSaKiを知り尽くしている彼以外に自分のフォローができるとは思えなかったからだ。

商社での経験はあるがSaSaKiでは新参者だった自分が、わりと早いうちに会社に馴染むことができたのは、浅野の力が大きかったと思っている。五年たったいまでも、なにかとフォローしてくれている。

「隼人さん、おはようございます」

「おはようございます」

　隼人がはきはきと挨拶をした。玄関を施錠して、門の前に停車中の車に乗りこむ。運転手は浅野だ。後部座席に佐々城と隼人が座り、会社に向かう前に幼稚園に寄って息子を降ろすのがいつもの流れになっている。

「昨夜、メールを見て驚きました。竹中さんが入院されたのですね。代わりに来てくれることになったという三澤工芸のご子息は、どんな方なんですか？」

　走り出してすぐ、浅野が訊ねてきた。

「三澤永輝君だ。とても気持ちの良い青年だよ。明るくてはっきりとものを言うのでわかりやすい。なによりも隼人がよく懐いているので、家の中のことを任せてみようと思う」

「ほう、隼人さんが」

　浅野が軽く驚きを表し、バックミラーの中で視線を動かして傍らに座っている隼人を見たのがわかった。隼人はなにも言わないが、わずかに口角を上げているところを見ると機嫌が良いようだ。

「それは良かったですね。隼人さんと仲良くしてくれる方なら安心です。では、永輝さんに幼稚園のお迎えもお任せするのですか」

「そのつもりだ。朝はいままで通り、私の出勤時に連れていく」

「幼稚園側には連絡しましたか？　見ず知らずの人間が迎えに現れても安易に園児を渡すようなことはしないですよ」

「それはうっかりしていた。そうか、永輝君のことを園に知らせなければならなかったんだな」

「今日からもう永輝さんは佐々城家に来られるのですか？　でしたら隼人さんの降園時間に私が社を抜けて佐々城家まで行きます。永輝さんを連れて幼稚園まで行きましょう。私の顔はもう知られていますので、担任の先生に引き合わせることができます」

「そうしてくれ。頼む」

いつものことながら、こうしたハプニングに対する浅野の的確な処理には感心する。物事の大小にかかわらず、浅野は最も適した方法を最も労力の少ないやり方で進め、難なく静かにコトを収めるのだ。

佐々城の信頼が篤《あつ》いからか、それとも生まれたときから顔見知りだからか、隼人も浅野には壁を作らず、実の祖父のように慕っている。

「それで、お見合いの方はどうでしたか？」

「ああ、見合いか。忘れていた」

「お忘れになってはいけませんよ。お相手の方がいらっしゃることですし」

「とりあえず、なかったことにした」

「それはまた、どうしてですか？」

「永輝君が教えてくれたんだ。藍さんには想う人がいるらしい。今回の見合いはどうやら私の母と妹が持ちかけた話を、三澤社長が本人の承諾なしに受けてしまってのことらしい」

「三澤工芸は災害による負債がかなり負担になっているようですから、佐々城家からの資金援助を当てにしてのことでしょうね」

「うん、わかっていたが、母と妹の顔を立てる意味で会ってみた。私としては、藍さんはおとなしすぎて、なにをどうしたらいいかわからないレベルだった」

昨日の座敷での気まずい沈黙を思い出す。なかなかに重い空気で、二人きりになった数十分間はまるで精神修行のようだった。

「それに比べて、永輝君は良いよ。彼が喋ると、すっと雲が晴れていくような爽快感がある。隼人とも屈託なく笑い合っているし、なによりも明るいのが良い。家事能力に関係なく、私は彼に来てほしいと思った」

「それはそれは……。ずいぶんな好青年のようですね。それほど永輝さんを気に入りましたか」

「気に入ったという表現は適切ではないな。彼は我が家に降臨した神のようだ。後光がさして見えるほど明るい。あ、いや、神に例えるのはよくないと昨夜思ったんだった。もっと現実的なものに例えよう。彼がいるだけで家の中が明るくなったように思えるから、太陽、とか？　いや、実際に家の中に太陽があったら私も隼人も焼け死んでしまう。そうだ、ＬＥＤでどうだろう。新しい技術、新しい照明、若い感性、ぴちぴちとした肌――なにやら共通するものがあるではないか」

我ながら素晴らしい発想力だと、佐々城は自画自賛した。

「浅野、彼はまるでＬＥＤのようなんだ。あの爽やかな明るさは素晴らしいね」

「社長、ＬＥＤに例えるのはどうかと思います……」

　呆れた口調で返されたが、佐々城はまったく気にしていなかった。


「はーい、できたよー。隼人、こっちおいでー」

　永輝が煮込みハンバーグを盛りつけた皿をダイニングテーブルに並べながら声をかけると、リビングのテーブルで漢字ドリルを広げていた隼人が小走りでやってきた。ご飯と味噌汁《みそしる》、温野菜サラダと漬物という庶民的なメニューが、高級食器が醸し出す空気を無視して湯気をたてている。漬物は藍特製の糠漬《ぬかづ》けで、家からもらってきた。永輝の好物だ。

「いただきます」

「はい、どうぞ」

　行儀良く両手を合わせた隼人に笑顔で返して、永輝も箸を手に取った。

「永輝さん、ハンバーグ、とってもおいしいです」

「うん、美味《おい》しいね。まずまずの出来」

　うふふ、と微笑み合って、食事をすすめる。佐々城の帰りが午後七時を過ぎる場合は、隼人と永輝は先に夕食を済ませることになっていた。佐々城はかならず帰宅時間を電話かメールで知らせてくれるため、遅くなるときは永輝が隼人の風呂を済ませ、歯磨きも手伝う。佐々城が帰ってきたらバトンタッチをするかたちで帰路につく毎日だ。

佐々城家に通うようになってから一週間ほどが過ぎていた。一家の家事を任されるのは想像以上に大変だったが、佐々城がハウスクリーニングを週二で入れてくれることになり、掃除の負担は減った。

代わりに隼人の遊び相手をしている。なによりも佐々城がそれを望んでいるし、永輝も幼児の相手は楽しい。勉強ばかりの隼人を食料品の買い出しに連れ出したり、庭でボール遊びを教えたりするのも面白かった。意外にも隼人はそんなに運動オンチではなかった。いままでやっていなかっただけで、器用だったのだ。なにかスポーツをやらせた方が体にいいかもしれないと佐々城に進言しようと考えている。

佐々城はあの見合いの日以来、本当に藍とは連絡を取っておらず、正式に断りを入れたと聞いた。なかったことにしようと言ってくれた通りにしてくれたのだ。この一週間、藍の話はカケラもしないことから、もう永輝の中で佐々城は要注意人物ではなくなっている。ただの雇用主で、可愛い隼人の父親で、外見だけは好みの男——中身も悪い人ではなくて、大企業の社長なんかを三十歳で引き継いで五年間もちゃんとやっているのはすごい——という感じだ。

このまま春休みを楽しく過ごせたらいい。本当に日給一万五千円もらえるなら、四月になって大学がはじまったころには、まとまった金額が財布に入ることになる。儲《もう》かるし楽しいし、一石二鳥とはこのことだろう。

できれば、春休みが終わってからも、たまには隼人の顔を見るために来させてほしいと思っている。

ついでに佐々城の顔もちらりと見て、心の栄養にしたいという下心もあることは内緒だ。

「あ、お父さんがかえってきた」

風呂上がりの隼人の髪をリビングのソファでタオルドライしてあげていると、玄関ドアが開く音がかすかに聞こえた。隼人はぴょんとソファから飛び降りるとリビングを飛び出していく。永輝はタオルを持ったまま追いかけた。

「おかえりなさい、お父さん」

「ただいま」

まるで客を迎えたように向かい合って挨拶をしたあと、佐々城は今夜も隼人の前をスルーして二階にある自分の部屋に行ってしまう。着替えのためだとわかっていても、永輝はもうすこしなにかリアクションがあってもいいのではないかと思うわけだ。この一週間、親子のスキンシップについてずっと考えていたので、一言だけでも言った方がいいのかなと悩む。

隼人は階段を上がっていく佐々城の後ろ姿をじっと見つめていた。物足りないと感じているなら言えばいいのに、隼人は言えないのだ。疲れて帰ってきた父親の体調を気にするあまり、子供っぽく駄々《だだ》をこねることができない。頭が良いのも考えものだとつくづく思う。

「さ、隼人、仕上げにドライヤーで乾かしてやるから、洗面所に行こう」

こくんと頷いた隼人を洗面所に連れて行き、生乾きの髪を乾かしたあとに歯磨きもした。いつもの就寝時間まで、まだ一時間ほどあるからテレビを見てもいいよと言ったが、隼人はリビングのソファで静かに読書をはじめた。小学二年生までの漢字を学習済みの隼人は、低学年向きの児童文学ならすらすら読めてしまう。永輝は自分の子供時代と比較して視線が遠くなった。

佐々城はまだ二階から降りてこない。煮込みハンバーグを電子レンジで温め直してダイニングテーブルに並べてもまだ来ないので、様子を見に行った。

佐々城の寝室は二階の一番奥だ。その手前に書斎がある。掃除をしている永輝は二つの部屋が中で繋がっていると知っていた。佐々城が不在のときに掃除目的で寝室に入ることはあっても、いるときに入るのはどうかなと思う。もう着替えは済んだだろうか。どっちの部屋かなと悩んでいると書斎から声が漏《も》れ聞こえてきた。電話をしているのかもしれない。そっとノックをしてドアを開けると、佐々城がちょうど携帯電話をデスクに置いたところだった。

スーツの上着は脱いでいるが、まだワイシャツにネクタイを締めた状態で、着替えていなかった。

「ご飯の用意ができました」

「ああ、すまない。電話がかかってきてね。すぐ行くよ」

ふぅ、とため息をついた佐々城の横顔は、たしかに隼人が気を遣ってしまうのがわかるくらいに疲れて見えた。

「あの…………仕事で疲れているのはわかっているんですが、もうちょっと隼人と触れ合ってあげたらどうでしょうか」

「え？」

佐々城はきょとんとした表情で永輝を振り返った。ものすごく意外なことを言ったつもりはないのに。佐々城は隼人との距離感に悩んだことはないのだろうか。

「触れ合うとは？」

ネクタイを緩めながら小首を傾げられて、永輝はウッと言葉に詰まった。疲れた男が醸し出す色気に胸を突かれている場合ではない。いまは隼人のために苦言を呈しようという大切な場面だ。

「えー……っと、例えば、さっき隼人がわざわざ玄関まで迎えに出たわけですから、ただいまって言うだけじゃなくて頭を撫でてあげるとか、今日の幼稚園は楽しかったかって問いかけるとか、いろいろあると思います。わざと避けているわけじゃない……ですよね？　無意識でそうしていたのなら、自覚して、改めた方がいいです。親子にしてはちょっと距離があるような気がするんで、隼人が寂しそうかなー……って……」

佐々城が肩を落としつつじわじわと顔を伏せていくので、永輝は内心で焦った。いつも自信満々みたいな佐々城なので、永輝の言葉でこんなあからさまに落ちこむとは思わなかった。

「あの、ごめんなさい、佐々城さん。俺、関係ない人間なのに余計な差し出口して、すみません」

「いや、いいんだ。君は間違ったことを言っていない」

佐々城はデスクの端に腰をかけて、大きな手で顔を一撫でした。

「情けないことだが、私は隼人にどう接していいのかわからないんだ。私の父親が仕事人間で、子供時代にほとんど構ってもらった記憶がないせいじゃないかと、母には言われている。たぶんそうなんだろう。体験していないから、いざ自分が父親になったときに息子にどうしていいかわからないわけだ。元妻にもさんざん指摘されたんだが……」

佐々城は本気で意気消沈しているっぽい。永輝は困ったなと立ち尽くす。

父親に構ってもらってこなかったのは永輝もおなじだ。父親は会社経営者であると同時に職人で、家庭をまったく顧みなかった。けれど永輝は子供が好きだから、ときどき保育所のボランティアに行ったり、イベントの一時託児所でアルバイトをしたりした。そこでベテランの保育士のやり方を見たり聞いたりしながら学んだ。

でも子供に興味がなかったら、永輝のような自発的な育児体験をする機会などなかっただろう。

佐々城が隼人と自然に接することができなくても仕方がないのかもしれない。

ではどうしたらいいのか。仕事だけでじゅうぶん疲れている佐々城に、家庭で頑張ってもらうのは難しいのか――。

「ひとつ提案がある」

ない知恵を絞っていたら、佐々城がおもむろに向き直ってきた。なぜだか両手を広げている。

「君を介して隼人とスキンシップをはかるというのはどうだろう」

「………えっ……？」

意味がわからなくて変なしかめっ面になった。佐々城は両手を広げたまま、ゆっくりと近づいてくる。なんとなく永輝は後退した。

「ほら、君は隼人を無造作にハグしたり、なにげなく手を繋いだりするだろう。私も隼人にそういうことをしたいのだが、どのタイミングでどんなふうに仕掛けたらいいのかわからない」

「そんなの、やりたいなと思ったときにやればいいんじゃないですか？」

「だからそれがわからないんだ。永輝君が隼人に構うように、私が永輝君を構ってみる。三人で仲良くしていれば、そのうちごくごく自然に私は隼人との距離をゼロにできるかもしれない」

「そう……かな？」

「私にチャンスをくれ。これでも隼人の良き父親になりたいと思っているんだ。いまからでも遅くないのなら、頑張りたい」

「もちろん遅くないですよ。大丈夫、隼人は佐々城さんのことが大好きだから」

「そうか、隼人は私が好きか」

「好きに決まってます。子供はみんな親が好きなんです」

断言すると、佐々城は照れたように口元を緩めて目を伏せた。その恥じらった表情にきゅんとなる。

仕事以外はてんで不器用な、この社長さんの力になってあげたいと、心から思う。

「わかりました。俺を介して佐々城さんと隼人が距離を縮めるっていう案に乗ります」

「そうか。ありがとう」

「俺を含めて、まず三人で仲良くしましょう。べつにいままでだって仲が悪かったわけじゃないですけど、もっと近づきましょう」

ふっと微笑んだ佐々城が、両手を広げたままさらに歩み寄ってくる。この動きの理由がわかった。永輝に触れる練習がしたいのだ。

「永輝君」

「はい」

仕方がないので動かないようにした。そっと佐々城が覆いかぶさってきて、ものすごーく緩くハグをしてきた。ほとんど触れるか触れないかといったタッチで。よくもこんなに微妙な触り方ができるなと驚くくらいだ。

すっと離れた佐々城は、妙に満足げな顔をしていた。ふぅ、と息をつき、「ありがとう」と礼を言ってくる。永輝は「どういたしまして」と返すしかない。なんなんだ、このやり取りは……と困惑していると、書斎のドアがノックされた。細く開いたドアの隙間から、隼人が片目だけで覗いてきた。

「おはなしは、おわりましたか？　ぼく、もうねようと思うんですけど、いいですか？」

「ああ、いいよ。もうそんな時間だった？　ごめんね、一人にして」

永輝が素早く謝ると、隼人はにっこりと笑った。日に日に表情が豊かになってきている。

「だいじょうぶです。では、お父さん、永輝さん、おやすみなさい」

「おやすみ」

「おやすみ」

声掛けだけで佐々城は今日を終えてしまった。どうやら頑張るのは明日かららしい。

「じゃあ、佐々城さん、俺も帰ります。また明日」

「あ……うん、そうか、もう帰るのか……」

まだなにか話があったのか、佐々城は歯切れが悪い。永輝が話を促すように視線を送るが、「気をつけて」としか言わなかった。

永輝はその夜、佐々城からはじめてハグらしきものをされて、「あれはただの練習、リハーサル、なんの意味もない」と自分に言い聞かせながら……けれどどこかふわふわした気持ちのまま帰路についたのだった。


隼人の幼稚園が春休みに入った。おかげで永輝が朝から晩まで来てくれる。佐々城が出勤する午前八時半頃に永輝がやってきて、隼人といっしょに玄関で「いってらっしゃい」と見送ってくれるのだ。佐々城は気持ち良く出勤することができて、浅野にも「表情にゆとりが感じられて良いですね」と褒められた。

いままで日曜日は永輝の休日としていたが、隼人のリクエストで三人連れだって近所の公園に行くというイベントもあった。休みがなくなってしまい、永輝には申し訳ないが、佐々城は楽しかった。永輝を真ん中にして三人で手を繋いでぶらぶらと公園まで歩く。その日、すこし肌寒いくらいの気温だったが天気は良く、永輝の手は柔らかくて温かく、爽快な気分だった。自然と口元に笑みが浮かび、その気持ちが通じたのか隼人もご機嫌で、佐々城をボール遊びに誘ってくれた。

ボールを触ったのなんて何年ぶりだろう。大学一年生のとき、必修科目の体育でバスケットボールをして以来かもしれない。幼児用の小さなサッカーボールだったが、芝生の上で隼人と追いかけっこをした。だがすぐにバテた。まだ三十五歳なのに運動不足がたたってか、佐々城はすぐに息切れして、隼人に心配されたり永輝に笑われたりでさんざんだった。でも最高に楽しかった。

永輝を介して隼人との距離を縮めたいという佐々城の希望を叶《かな》えてくれようとしている永輝には、もう感謝の言葉しかない。

その日の夕食は、永輝と佐々城の二人でキッチンに立った。湯を沸かすことくらいしかできない佐々城に、永輝は味噌汁の作り方を丁寧に教えてくれた。ダイニングテーブルで漢字のドリルをやりながら、隼人はにこにこと笑って時折キッチンを眺めていた。

佐々城が大根と油揚げの味噌汁にかかり切りになっているあいだに、永輝は春キャベツとニンジンのコールスローととりもも肉の照り焼きをてきぱきと作っている。使ったボウルや菜箸はこれまたさっさと洗ってしまうので、シンクには物が溜まらない。これまで元妻や家政婦が調理をしている光景などじっくり見たことがなかったから、平均的な家事能力のラインがわからないが、永輝は素人目に見てもじゅうぶんに上級者なのではないかと思った。

（すごいよ、すごいよ、永輝君！）

感心しながら永輝をチラ見、鍋の火加減をチラ見する。永輝を気にしつつも鍋の前から動かなかったからか、なんとか味噌汁を完成させることができた。

「お父さん、みそ汁がとってもおいしいです」

隼人にそう言われて、佐々城は満足した。もちろん、永輝が作ったコールスローと照り焼きは絶品だった。昼間、公園で運動したからだろう、いつになく食事が美味しかった。

「永輝君は料理人になったらどうかな。店を出すなら資金を出すよ。私は毎日通おう」

調子に乗ってそんなことを言ったら、永輝が照れながら「なに言ってんですか」とちょっと睨《にら》んできた。その瞬間、佐々城は味噌汁をこぼした。まだお椀《わん》を口につけていないのに傾けてしまったのだ。手と頭がなぜだかちぐはぐになったような不思議な感覚だった。

「佐々城さん、こぼれてる、こぼれてる。ほら、拭いて。どこ見ながらお椀を持ったんですか？」

隼人用のおしぼりを永輝がとっさに佐々城の胸元の茶色いシミに当ててくれたが、春っぽくおめかししようと買って今日はじめて着たパステルグリーンのシャツが台無しになった。

「佐々城さん、着替えてきて。俺、そのシャツを急いで洗います。すぐに洗えばきれいに落ちるかもしれないから」

永輝に急《せ》かされてテーブルを離れ、二階で着替えて汚れたシャツを洗濯室に出しに行きダイニングに戻ったら、何事もなかったかのようにこぼした味噌汁はきれいに拭き取られていた。お椀の中にはあらたに鍋からよそわれた味噌汁が入っている。

「もう、隼人の方がお行儀良く食べてますよ」

叱るみたいに永輝に言われたが、佐々城は口元がむずむずした。なぜ、むずむずするのか。このむずむずはなんだ。不思議に思っていると、口が勝手に笑みのカタチになっていた。どうやら笑いたかったらしい。

「佐々城さん、なに笑ってんですか？　もう、変なの」

味噌汁をこぼしておいて笑うなんてと永輝に咎められたが、佐々城はどうしてか笑えて仕方がない。永輝に小言を言われるのが嬉しいのかもしれないと思いついたが、それではまるで変態だから違うだろうと否定した。

食後はリビングのソファで、二人並んでテレビを見ながらまったりしていると、こんどは手がむずむずしはじめた。隼人と佐々城で永輝を挟むようにして座るのだが、触れ合っている片側の腕が勝手に動いて永輝の肩を抱き寄せてしまいそうになるのだ。それを我慢しているとむずむずして落ち着かなくなる。

どうしよう、肩を抱いてもいいだろうか。そういえば、永輝はスキンシップを仕掛けるタイミングがわからないと訴えた佐々城に、「したいときにすればいいじゃないですか」と答えてくれた。では、これがそのタイミングなのかも、と佐々城はむずむずする腕を動かして、永輝の肩を抱いた。ギョッとした顔で振り向いた永輝だが、佐々城の腕を振りほどこうとはせずにじっとしている。やがてじわりと永輝の耳が赤くなった。まるでルビーのような鮮やかな色に、佐々城は見入ってしまう。

「きれいな色だ」

「な、なにがですか？」

「君の耳朶《みみたぶ》が」

本当のことを言っただけなのに、永輝は両手で耳を隠してしまった。そのまま席を立ってしまう。

「あの、今日はもう帰ります」

「まだいいじゃないか。いつもより早いぞ」

「たまには、早く帰って姉の手伝いをしないと……。ここに来るようになってから、家の家事は姉に任せっきりだったんで……」

言いながら、部屋の隅に置いてあったショルダーバッグを拾っている。本気で帰るつもりのようだ。

「もうかえっちゃうんですか？」

隼人が寂しそうに問いかける。永輝もちょっと悲しそうな表情になった。

「また明日の朝、来るよ」

「ぼく、まってます。ちゃんと来てくださいね」

「もちろん。じゃあ、おやすみ」

永輝はそそくさとコートを着込み、玄関から出て行ってしまった。玄関の内側で見送ったが、最後まで耳は赤いままだった。

「ねえ、お父さん」

「なんだい」

「永輝さん、うちにずっといればいいのに。ぼく、永輝さんがかえっちゃうと、さみしいです」

「そうだな。私も寂しいよ」

するっと正直な気持ちが口からこぼれた。二人揃ってとぼとぼとリビングに戻る。さっきまで満ちていた明るくてふわふわした楽しい空気は、わずかな匂いだけを残しておおかたが霧散してしまっている。永輝がいないからだ。もうテレビを見る気はない。

隼人が自主的に就寝の準備をはじめたので、佐々城もそれに倣《なら》うことにした。

「お父さん、おやすみなさい」

「おやすみ」

二階の廊下で別れた。佐々城は書斎に入り、放置していた携帯電話を手にした。母からメールが来ていた。内容は、あたらしい見合い話についてだった。写真が添付されていたが見る気は起こらない。三澤藍に会う前は、多少なりとも再婚しようという意欲があったのだが、いまではまったくなくなっていた。家庭生活が満たされているからだ。永輝のおかげで、すべてが良い方向へ転がっている。これでじゅうぶんだ。ほかになにもいらない。

明日も永輝が来てくれる。佐々城は仕事があるので永輝とは朝の挨拶を交わすだけになるが、それでも会えるのだ。そう思うだけで、気持ちが浮き立つのを感じた。

佐々城家とはまるでつくりが違う薄っぺらい玄関ドアを、永輝はできるだけそっと開けた。家の中は暗くて、たぶん姉の藍が遅く帰ってくる弟のためにつけてくれたと思われる廊下のちいさな明かりだけがともされていた。二階建てのコンパクトな日本家屋。黒光りする廊下は、子供のころ恐怖の対象で、夜中にトイレに行くには勇気が必要だった。

そっと靴を脱いで廊下を歩くと、古いせいでキシキシと音が鳴る。こういうとき、忍者のように足音を殺して素早く走れたらどんなにいいだろうと思うのだが、とくに運動センスがあるわけではない永輝にはそんなことは不可能だった。

「おい、いま帰ったのか」

やっと階段にたどり着いて上がろうとしたら、すぐ横の襖がからりと開いた。着古した紺色のスウェットを着た父親が睨むようにして見てくる。永輝が帰宅するのを待ち構えていたようだ。

「……ただいま」

「佐々城社長のところか」

「そうだよ」

「藍の見合いをぶち壊しておいて、いったいなにをしているんだ」

またその話かと、永輝はうんざりする。見合いの顛末《てんまつ》は藍が説明した。その際、佐々城家の家政婦が働けなくなり、代わりに永輝が行くことになったと話したのに、納得できないでいる父親は何度も同じ話をしてくるのだ。

永輝に似ていない、ごつい顔立ちの父・芳郎《よしろう》は眉間に深い皺を寄せていた。

「なにって、家政婦代行をしてるって言っただろ。いま春休み中だから、時間は自由になるし、悪いことはなにもしていない。それと、見合いがダメになったのは俺だけのせいじゃないからな。父さんが勝手に進めたからだろ。姉さんの気持ちとか、相手とのバランスとか、ぜんぜん考えずに――」

「勝手に進めたとはなんだ。俺は藍にとって最良だと思ったから、話が来たときに乗ったんだ」

「姉さんにとって最良なんじゃなく、父さんの都合にぴったりだったってことだろ。借金のために姉さんを身売りさせようとするなんて、親として最低だ」

「なんだと？」

父親がぐっと険悪な空気を醸し出す。永輝は攻撃されたら即座にやり返すつもりで身構えた。体格は同等だが、ケンカの経験など皆無な永輝よりも、職人気質で短気な父親の方が腕っぷしは強い。でも姉の問題では一歩も譲るつもりはなかった。薄暗い廊下の真ん中で対峙《たいじ》する。

「借金は親父が勝手に作ったんだろ。姉さんは関係ない。巻きこむなよ」

「工房の再建のために金が必要だったから借金ができただけだ。藍もそれはよくわかっている。借金については、なにも知らないおまえがとやかく言うな！」

「借金と姉さんの見合いが無関係じゃないから口を出してんだよ！　返せない借金なんか作るんじゃない！　俺と姉さんにとったら、あんたはただのろくでなしだ！」

「おまえ、父親に向かって、なんて口のききかただ！」

「いままでぜんぜん父親らしいことをしてこなかったくせに、父親面するな！」

腹から思いをこめて怒鳴ってやった。

「バカヤロー！」

固い拳が飛んできた。ガツンと顔面に衝撃があり、永輝の体は転がった。本気で父親に殴られて、永輝は頭がくらくらして蹲《うずくま》ったまま動けない。最初の衝撃が去ると、左顔面がズキズキと痛み出す。

「永輝？　父さん？」

階段の上から藍の声が降ってきた。軽い足音とともに藍が一階に降りてくるのがわかる。

「なにをしているの、こんな時間に。永輝？　どうしたの？」

藍が蹲っている永輝に歩み寄ってくる。のろのろと顔を上げた永輝を見て、藍が驚いた。

「こっちの頬が赤くなってる……。あらやだ、唇が切れて血が……まさか……」

藍が父親を振り返り、「手を上げたの？」と確信をこめて訊ねた。父親は答えずにふいっと顔を背け、襖の向こうに行ってしまう。ぴしゃりと閉じた襖は、もう開かない。

「永輝、父さんを怒らせるようなことを言ったのね」

「だって……」

喋ろうとしたが顔が痛くて口を動かせない。藍はため息をつき、台所へ行った。戻ってきたときには保冷材とタオルを持っていた。

「ほら、タオルでこれを巻いて、頬に当てておきなさい。腫れるかもしれないわね」

「うん……」

腫れたら佐々城家に行けなくなるかもしれない。いや、行かないとダメだ。明日は月曜日だから佐々城は仕事に行く。永輝がいつも通りに行かないと隼人が一人になってしまう。

「痛い……」

明日の朝までぶっ続けで冷やして、なんとか腫れないようにしなければ――。

だが翌朝、永輝の努力も空《むな》しく、鏡にうつった顔は悲惨の一言につきた。

「なんだこれ……。ホラーかよ……」

左頬はどう見ても腫れている。それだけではなく紫色になっていた。もともと肌が白いので余計に目立っているのかもしれないが、どこからどう見ても殴られたとしか思えない。

「転んでぶつけたって言い訳して、佐々城さんが信じてくれるかな……」

はなはだ不安だが、永輝はとりあえず大判のマスクをして佐々城家へ向かった。

「どうしたんだい、永輝君っ」

玄関で出勤の準備を整え、永輝が来るのを待っていた佐々城は、大判のマスクでも隠し切れない頬の腫れを見て取り、啞然《あぜん》とした。隼人もびっくりして目を丸くしている。

「えー……と、その、転んでぶつけてしまって……」

「どこで？　昨夜の帰宅途中なら仕事帰りだから労災になる。私がすべての治療費を払うから、病院の領収書を提出しなさい」

「あ、えっ？　労災？　いや、病院は行ってないから……」

「だったらいますぐ行こう。浅野にすぐ診てもらえる病院を探してもらって、早急に精密検査をしなければ」

「そんなことしなくていいです」

「それほどの腫れができるくらいにぶつけたんだろう？　脳震盪《のうしんとう》はなかったか？　骨に異常があるかもしれない。そうだ、ＭＲＩがある大きな病院の方がいいな。浅野に――」

外で待っている秘書を呼びに行こうとした佐々城を、永輝は「ちょっと待って」と呼び止めた。

「ごめんなさい、ぶつけたっていうのは嘘《うそ》です。ゆうべ父に殴られたんです。それだけ。ただの親子ゲンカだから、そんな大事《おおごと》にしないでください」

「親子ゲンカ？　三澤社長に殴られたのかい？」

マスクを取るように促されて、永輝はしぶしぶながら顔を晒《さら》した。佐々城と隼人は揃って「うわぁ」と声を上げる。

「いったいなにがあった？　よくあることなのか？　三澤家の親子ゲンカはハードなのが当たり前とか？」

「いえ、そういうわけじゃ……。父がいきなり難癖つけてきたんで、つい溜まってたいろいろを口に出しちゃって……」

「難癖？　溜まってた？　それは具体的にどういうことなんだ？」

まさか佐々城にそこまで追及されるとは思わなかった。親子ゲンカだと言えば、よその家庭の事情なのだから突っこんではこないだろうと予想していたのだが――。

「えー……っと、その……」

借金のカタに姉をどうこう、という話を隼人に聞かせたくない。興味深そうに永輝と佐々城のやり取りをすぐそばで聞いている隼人を、永輝はちらりと見た。

「隼人、私は永輝君と大人の話をするから、自分の部屋に行っていなさい」

「…………お父さん、永輝さんを怒らないでください」

はい、と素直に頷いて二階に上がるかと思っていたら、隼人が悲しげな顔で佐々城を見上げている。艶々とした黒髪に包まれたちいさな頭を、佐々城はそっとおおきな手で撫でた。ごく自然に、正しいタイミングで。

「話をするだけだ。永輝君を怒るつもりはないよ。ほら、行きなさい」

「はい……」

隼人は振り返りながら階段を上がっていった。部屋のドアが開閉した音を聞いてから、佐々城はスーツのポケットから携帯電話を取り出し、外にいる浅野に電話をかける。

「三十分ほど待ってくれ。急を要する用事ができた。スケジュールの調整は任せる」

「あの、俺のことはあとにして、仕事に行ってください」

いますぐ話さなければならないほどのことではない。三十分も出社を遅らせたらマズいのではないかと慌てた永輝に、佐々城は「靴を脱いで、上がって」と指示してきた。仕方がないのでその通りにし、リビングのソファで向かい合う。

「なにがあったか、話してほしい」

「……でも、これは俺の家のことで、佐々城さんには関係ありません」

「そうだな、たしかに君の家庭内のことに私は関係ない。だが永輝君はいま私に雇われている。従業員がこんな顔で仕事に来たら、雇用主が気にするのは当然のことだ。一度だけなら目をつぶるが、もし繰り返すようなことがあったら困る。我が家には五歳の幼児もいるし、近所の目もある。事情を把握しておきたいと思うのは、そんなにいけないことではないと思うのだが？」

ものすごく冷静に諭されて、永輝は観念した。佐々城はさすが世界を股にかけてビジネスをしているだけある。やんわりと、ただの興味本位で聞きたいわけではないと言われてしまえば、拒みきれない。永輝は重い口を開いた。

三澤工芸が自然災害でダメージを受け、再建のために借金を抱えたことは、佐々城も知っている。その返済が大変で、姉の藍を佐々城と結婚させようとしたのも、もちろん知っている。けれど、それを画策した父親を永輝が嫌っていて、険悪な関係になっていることまでは知らない。姉の見合いに永輝が口を出したのは、藍に想う人がいるからという理由だけだと思っているはず。

そのあたりのことを、永輝はやや投げやりになりながら語った。

「父は、俺と姉にとってただ血縁上の父親ってだけで、まったく親近感なんてないんです。母が病気で倒れたときだって、ほとんど見舞いになんか来ませんでした。仕事が忙しいからって」

父親が来ないことを、病室で寂しそうに「仕方がない」と呟いていた母親の姿が、いまでも思い出される。

「家族旅行に連れていってもらったことなんかないし、家で遊んでもらった記憶もありません。だからいまさら父親としての権力を振りかざして、会社の借金のために姉の意思を無視して嫁に行かせようとしたり、それを潰した俺をクソミソに貶《けな》したり、いったい何様のつもりなんだよっていう反抗心しか湧《わ》かないんです。災害のせいで前の工房がダメになったのは本当に残念だったけど、ギリギリ目いっぱいの借金を背負って、その返済に必死になって、ついには姉を売らなきゃならないほど追いつめられてまで再建する必要はあったのかって、思います。父は、姉と俺のことなんかどうでもいいんですよ」

一息に吐き出してしまってから、永輝はどんよりと落ちこんだ。こんな情けない身内の話を、佐々城にしたくなかった。大企業の社長を難なくこなしている佐々城にしたら、三澤工芸のことはちっぽけな工房のちっぽけな揉《も》め事にしかすぎない。こんな話を聞いて、佐々城はきっと「聞かなきゃ良かった」と思っていることだろう。

「永輝君、だいたいの事情はわかった」

佐々城の声音は固かった。いつも隼人と三人で和気藹々《わきあいあい》としているときとは、なんだか感じが違う。

その理由が、つぎの佐々城の言葉でわかった。

「まず、三澤工芸の資金繰りが悪化しているらしいとは聞いていたが、取引先であるにもかかわらず詳しく知ろうとしなかったことを反省している。SaSaKiの社長として謝罪する。悪かった」

「佐々城さん……」

いま目の前にいるのは隼人の父親ではなく、SaSaKiの社長である佐々城博憲だった。

「私は三澤社長を尊敬している。私の父の代から、SaSaKiの宝飾品の加工を請け負ってくれていた。我が社にとって、三澤工芸は数ある下請けのひとつなどではない。とても重要な、なくしたくない下請けだ。そのことを、まず君にわかってもらいたい」

佐々城は真剣に訴えかけてきていた。水輝も姿勢を正して、真剣に耳を傾ける。

「三澤工芸の職人たちは、腕が良い。クライアントの要求通り、またはそれ以上の仕事をきちんと納期以内にしてくれることで定評がある。我が社だけでなく、国内の宝飾品メーカーからの信頼は篤い。だから工房が災害にあって一時的な閉鎖に追いこまれたと聞いたときに胸を痛めた。けれど三澤社長を信じていたから、工房が再開するのを待った。おそらく、取引のあったメーカーがこぞって出資を申し出ただろうが、三澤社長は断ったのだと思う」

「えっ……なぜですか？」

「そのメーカーを優先しなければならなくなる、あるいは子会社化されるのを嫌ったのではないかな」

「でもその方が、経営は楽になるんじゃ……」

「楽になるかもしれないが、本来の三澤工芸らしさが失われる可能性もある。いままでは三澤社長という強いリーダーが職人たちを束ねていたが、子会社化されればトップは親会社から派遣されるだろうし、それにともなって工房のカラーも変わるだろう。職人というのは総じて癖がある人間が多いから、そうなると、下手をすると工房自体が崩壊する危険を孕《はら》んでくる」

たしかに三澤工芸の職人たちは父親と似たり寄ったりの昔気質《かたぎ》の人間ばかりだ。社長である父親にも平気で口答えをするところを何度も見たし、飲み会ともなれば女性はお酌をしなければならない。だが子供時代に、永輝は職人たちに可愛がられた。母親を亡くした小学生が不憫《ふびん》だったのか、休憩時間になると外に出てきてキャッチボールをしてくれたり、宿題を手伝ってくれたりした。父親にやってもらえなかったことを、職人たちが補ってくれたようなものだ。

彼らは父親を中心にしてまとまっていた。子供ながらにもそれを肌で感じて、わかっていた。

「三澤工芸はチームワークが良い。仕事も丁寧で上手《うま》い。難しい細密な加工もこなしてくれる。団結している会社は強いんだよ。三澤社長は、なんとしてでも従来のまま三澤工房を存続したくて、あえて厳しい道を選択したんだろう」

まさか佐々城が父親をここまで擁護するとは思っていなかった永輝は、すくなからずショックを受けた。

「じゃあ佐々城さんは、うちの親父のやり方に賛成なんですね。娘を金持ちに売るような真似《まね》をしてでも、工房を守るべきだと、会社の経営者はそこまでするのが当然だって言うんですね?」

「永輝君、私はそんなことを言っていない。そもそも三澤社長は藍さんを私に売りつけようとはしていなかった。負債についての話は一切出されていない。もし私と藍さんが結婚したら、妻の実家へ個人的に融資をすることがあるかもしれないが、それはあくまでも可能性の話だ。三澤社長がまだ若い藍さんの見合い話を強引に進めたのは、単に、娘を家から出したかっただけかもしれない」

「家から、出す？」

「それこそ、今後、借金の返済が滞ったときに起こる騒動から娘を守るためだよ」

その発想はなかった。永輝は虚を突かれてなにも言えなくなる。

「君は三澤社長が父親らしいことをしなかったと言うけれど、いままで金銭的に困窮することなく、大学まで進学して、こうして元気にしているだけでじゅうぶんだと思うが、どうだろう？　君の母親は、夫を恨みながら亡くなったか？」

「それは……」

あまり見舞いに来ない父親のことを思って寂しそうにしていた母親だが、悪口は言わなかった。むしろ父親のことを貶す永輝を叱ったくらいだ。そののち、母親が息を引き取ったとき、父親が隠れて泣いていたのを知っている。

永輝が黙って俯いていることで、問いかけの答えを悟ったのだろう。佐々城が苦笑したので永輝はムッとした。

「でも父は、俺のことを一人の人間として認めていないんです。姉は会社の事務員に採用したのに、俺のことはまるで無視。俺は不器用で、職人にはなれそうにないってのはわかってます。でもそれなら姉みたいに事務員でもいいじゃないですか。営業だって、車の運転手だって、なにかはできると思うのに、最初からなにもやらせようとしないんですよ。俺は大学になんか行きたくありませんでした。勉強は得意じゃないし、とくになにか学びたいこともないから。それなのに、とりあえず大学には行け、学費は出してやるって、無理やり――」

ああもうっ、と永輝は両手で頭を抱えた。なにが言いたいのかごちゃごちゃしてわからなくなってきた。これではバカ丸出しだ。きっと佐々城は呆れているだろう。二十歳にもなって自分の考えが整理できないなんて。

「佐々城さんは、先代の社長とケンカはしなかったんですか？」

「しなかったな」

「だからきっと俺の葛藤がわからないんですよ」

「そうかもしれないね。うちの父親もワーカホリックでほとんど家にいなかった。ケンカをするほど交流がなかったということだ。いざこれからというときに死なれてしまったのでね……」

ハッとして永輝は顔を上げた。そうだ、佐々城の父親はもう亡くなっている。

佐々城が三十歳のときに急逝し、だから佐々城が跡を継いだのだ。もし永輝が佐々城の立場だったらと考えると恐ろしい。あの父親のように職人たちを引っ張っていけるとは思えないからだ。きっとすぐに三澤工芸を潰してしまうだろう。

「……ごめんなさい。変なことを聞いて……」

「いや、いいんだよ。父が亡くなったのは五年も前だ。そんなに気にしなくていい」

「佐々城さんは、会社を継ぐつもりでその勉強をずっとしていたんですか？」

「そうだな、いつかは継ぐことになるだろうと思っていた。いまどき完全世襲なんて、という気持ちもあったが、経営に興味があった。とりあえず世界を相手にするビジネスを学ぼうと思って、大学卒業後は大手の商社に入り、経験を積んでいた。父は元気で、引退はまだまだ先のことだろうとのんびりしていたんだが、私がちょうど三十歳のときに、そういうことになった」

「それからは順調に？」

「いや、なかなか大変だったよ。突然のことだったから、父に傾倒していた古参の役員たちが反発してコントロールするのに骨が折れたし、社員たちの信用を得るのも難しかった。ずいぶんと浅野に助けられたよ」

佐々城の秘書である浅野と、永輝はかなり親しくなった。柔和な顔をしたおじさんだが、きっとデキる人なんだろう。なんとなく抜け目のなさみたいなものを感じる。けれど隼人が懐いているので、佐々城家にとって仇《あだ》をなす人ではないと思う。

「佐々城さんが大変だったって言うくらいだから、本当に大変だったんですね」

「それはどういう意味だ？」

「佐々城さんなら、なんでも難なくこなしちゃいそうだから」

「私はスーパーマンではないよ。社長に就任してからのこの五年間、わりと必死で走り続けてきた。

社長になった以上は、従業員たちの生活を守っていかなければならない。常に業績を考え、結果を出すように努力してきた。利益が上がってこなければ、給料の減額や、最悪リストラもあり得る。そんなことにならないよう、腐心してきた」

「SaSaKiほどの会社でも、業績をいつも考えるんですか？　そう簡単には傾きそうにないと思いますけど……」

「実際に傾きそうになったことはあるよ」

「えっ、いつ？」

「二年前、オーストラリアの真珠の養殖場で異変が起きて、白蝶貝《しろちょうがい》が全滅しそうになったことがある。あのときは青くなった。連絡を受けてすぐにオーストラリアへ飛んだ。原因不明のまま半分以上の貝が死んでしまい、真珠の市場が荒れないように情報を封鎖して、密かにフィリピン産の真珠を買いつけに飛んだり――」

そのときのことを思い出したのか、佐々城がおおきなため息をついた。

「全滅したんですか……？」

「いや、なんとかそれは免れたが、養殖場の環境を元に戻し、貝を育てるのに年単位の時間がかかる。養殖といえども自然が相手だからね。完全に制御するのは難しい。けれどそこが面白かったりもするんだ。君は南洋真珠を見たことがあるかい？　オーストラリア産のものは青みがかっているものが多い。とても美しいんだよ」

まるでいとしい娘を語るかのように佐々城が薄く微笑んでそう言った。自分の仕事を愛し、誇りを持っているのだなとわかる。男として尊敬できる人だと思うと同時に、羨ましい。永輝にはまだそんなふうに思えるものがない。

もしかして、父親も佐々城と同様に三澤工芸という会社を愛し、職人たちを誇りに思っているのだろうか。そして、佐々城が言うように、監の見合い話を進めたのは、家から遠ざけるためだったのだろうか。

もし、そうだったら、自分はいままで父親のなにを見ていたのだろう。ただ反発して、腹を立てて、感情的に怒鳴って――。まるで子供の癇癪《かんしゃく》だ。冷静さを欠いていたのは、永輝一人だったのかもしれない。

昨夜殴られた左頬に手で触れる。痛かった。はじめて殴られた。こんなに永輝が痛いのだから、きっと殴った方の父親も痛かったに違いない。職人なのに、手は大丈夫だったのだろうか。

キシッとソファが揺れた。傍らに人の体温を感じて顔を上げると、横に佐々城が来ていた。背中におおきな手が当てられる。

「永輝君、痛むのかい？」

「……………すこし……」

「私は君を責めるつもりなんかこれっぽっちもないからね。君は悪くない。三澤社長も悪くない。おたがいの意見がぶつかっただけだ。親子といえども別個の人間なんだから、考え方が違うのは当然。

落ち着いて話し合った方がいいよ」

　変色している頬を、そっと優しく撫でられた。包みこむような温かい目で見つめられて、永輝は陶然としそうになり――佐々城が婚活中だったことを思い出した。

（そういえば、つぎの見合いとか、話はあったのかな。どうなっているんだろう）

　藍との見合いがダメになったあと、佐々城の週末はほぼ家族サービスに充てられているのを、永輝はよーく知っている。見合いのためにお日柄の良い土日に隼人と二人でめかしこんでホテルのレストランに出かけている様子はない。

（中断しているだけかな。だって佐々城さんなら、降るほどに話があるだろうし……）

　バツ一子持ちでも、佐々城なら妻になりたいという女性は山ほどいるだろう。きっとより取り見取りだ。療養中の竹中が復帰するまで、永輝を交えての家族サービスに徹するつもりなのかもしれない。そのうちきっと、佐々城の横に並ぶのにふさわしい聡明な女性が、この家に来るだろう。隼人とも仲良くして、いっしょに料理をしたり散歩したり、楽しく過ごすのだろう。

　そんな痛い想像をしていたら表情がどんよりと暗くなっていたらしい。佐々城が慰めるように肩を抱いてくれた。父親との確執で落ちこんでいると勘違いしたようだ。この場合、そうとしか思えないだろうが。

「永輝君、大丈夫、きっとわかり合えるよ」

　頭をぽんぽんとされて、永輝はどさくさにまぎれて甘えるように体を傾けた。佐々城は黙って受け

止めてくれる。

（ああ、こんなふうに、どこかの女性が佐々城さんに優しくしてもらうことになるんだろうな……）

佐々城の後妻になる女性が羨ましい。悔しさと悲しみと切なさも同時に溢《あふ》れてきて胸が痛い。この感覚は覚えがある。

いつのまにか、佐々城を好きになっていたのだろうか。あくまでも隼人の父親という目でしか見ないように気をつけていたのに、結局は好きになってしまったのか。

ノンケなのに。婚活中なのに。

（だってさ、こんなに優しくされたら、仕方なくないか？　可愛い子供と三人で、家族ごっこなんかさせてくれて、ここは天国かって錯覚するよ！）

認めたくない。けれど認めざるを得ない。望みなんか、微塵《みじん》もないのに。

永輝は途方に暮れるしかなかった。


もたれかかってくる永輝の重みが心地いい。艶々の髪が佐々城の頰に触れていた。そこに唇を寄せたくなって、寸前で我に返る。

（なにをやろうとした？）

髪にキスなんかしては、永輝が変に思うだろう。ただでさえ説教じみた語りをしてしまい、鬱陶《うっとう》しがられていないか気になるのに、髪にキスはおかしい。体をそっと離した。

永輝のきれいな顔に、残念なアクセントができてしまっている。左頬の痣《あざ》が痛々しくて、佐々城は指先でそっと撫でた。永輝はびっくりしたように目を丸くしている。

「すまない、触ってはいけなかったか？　痛い？」

「……いえ……」

「君のきれいな顔にキズができてしまって悲しい気分だ。元のように治るだろうか」

「治る……と思いますけど……」

永輝が控えめに佐々城の手から顔を逸《そ》らした。視線を伏せて困った空気を醸し出している永輝に、またハッとする。

(私はいま変なことを言ったか？　私はいま変な人になっているか？)

二十歳の男性に向かってきれいな顔と言ってはいけなかったかもしれない。ケンカで顔に痣ができたくらい、珍しくないことだっただろうか。佐々城は本心からの言葉を口にしただけだったが、永輝に気味悪がられていないかと落ち着かなくなった。

「あの、そろそろ出勤しないとマズいんじゃ……」

永輝がリビングの時計を見て指摘してくれなかったら、いつまでも彼の横に座っていただろう。

「隼人を呼んできます」

そそくさとリビングを出て行く永輝を、なんとなく目で追う。もうすこし話したかった。けれどなにを話したかったのかと聞かれたら、なんだっただろうと首を捻るしかない。今晩、仕事を終えて帰宅するまでに考えをまとめておこう。

（ああ、でも帰宅後に時間はあまりない。永輝君は私とすれ違いで帰ってしまう）

週末にならないとまとまった時間が取れない事実に、佐々城は気が遠くなりそうになった。今日はまだ月曜日だ。まだ火曜日も水曜日も木曜日も金曜日もあるではないか。

週末までの時間を具体的に想像したら余計に、もっと永輝とゆっくり話をして、交流をはかりたいという欲求がむくむくと湧き起こってきた。できれば隼人を抜きにして、二人きりで――。

「お父さん……」

廊下からひょっこりと隼人がちいさな頭を覗きこませてきた。隼人の後ろから永輝もリビングに戻ってくる。隼人と手を繋いでいた。なにげなく手を繋げる隼人に、すこしもやもやする。佐々城も永輝と手を繋いだことはあるが、それは公園まで散歩に行ったときだ。家の中で手を繋いだことはない。

「永輝さんとどんな話をしたんですか？」

憂い顔の息子は、父親と年上の友人がなにを話していたか、とても気になっているようだ。

「会社の経営と家族について、すこし話をしただけだ」

「けいえい、ですか？」

「永輝君の父親は三澤工芸という会社の社長だから、経営者として私の立場からの意見を述べさせてもらった」

「そうだよ、隼人。佐々城さんは俺に助言をしてくれた。ありがたいと思っているよ」

「ホントに？　ケンカしてない？」

「してないよ。ね？」

可愛らしく同意を求められて、佐々城はこくこくと何度も頷いた。永輝が隼人と目線を合わせるようにしゃがみこむ。左頬の痣に、隼人の手が触れた。またもや胸がもやもやしてきて、じわりと眉間に皺が寄ってきてしまう。

「永輝君、できればもっと話をしたい。時間をつくってくれないか」

「話？　さっきの続き？」

「それだけじゃなくて、もっといろいろなことだ。今夜はできるだけ早く帰ってくるから、君は帰宅時間を多少遅くしてもらえないだろうか。なんなら私が車で送っていっても良い」

「そんなことしなくてもいいですよ。俺を送ったりなんかしたら、佐々城さんの睡眠時間が減っちゃいます。女の子じゃないんですから、終電くらいまで遅くなっても大丈夫」

へらっと永輝が笑って言ったが、佐々城は無意識のうちに緊張していた。終電、女の子じゃないんだから――というフレーズが耳に入ったと同時くらいに、頭の中で暴漢に襲われている永輝という光景が浮かんだ。女の子じゃなくとも夜道は危険だ。自分が引き留めたせいでいつもより帰宅が遅くなり、強盗に襲われでもしたら……。

「いや、絶対に車で送る。私が責任をもって送るから、帰りのことは気にしなくていい」

「えー……大丈夫ですって……」

いや、大丈夫じゃない。精神安定のためにもぜひ送らせてくれ、と佐々城は心の中で付け足す。

「佐々城さんは明日も会社があるでしょ。夜中に余計なことをしていないで家でしっかり体を休めないと。明日の仕事に差し支えがあるかもしれませんよ」

「私はそんなにやわじゃない」

「たしかに体は丈夫そうだけど、もう年なんだから」

「年寄り扱いをするな。私はまだ三十五だぞ」

「俺より十五も上です」

「それはそうだが、まだ若い奴らには負けん」

ムキになって言い返してしまい、ふと論点がずれていると気づいた。

「お父さん」

二人のあいだにいた隼人が、見上げてきた。

「ぼくにていあんがあります。永輝さんに、今夜はとまってもらったらいいと思います」

思いもかけない案に、佐々城は思わず手を打った。その方法があったか。どうして思いつかなかったのだろう。

「なるほど。隼人、素晴らしい提案だ。採用しよう」

「ありがとうございます」

隼人がにっこりと嬉しそうに微笑んだので、頭を撫でた。焦った様子でそこに永輝が割って入ってくる。

「ちょっ、ちょっと待ってください。俺抜きで話を決めないでくれませんか。泊まるんですか？　今夜？」

「それが一番だ。君の帰り道を心配する必要がないし、たっぷり時間が取れる。どうして思いつかなかったんだろう。私は頭が固くてだめだな。隼人はさすが柔軟だ」

「俺の都合は聞かないんですか？　丸っと無視？」

ムッとしたように非難されて、佐々城はそれもそうだと永輝に向き直った。

「なにか用事があって泊まれないのか？　春休み中で、毎日、この家に来るのがいまの君の役目なんだが」

「…………とくに用事はないですけど」

「では、泊まれるんだな？」

「…………はい」

「決まりだ」

佐々城はひとつ頷いてリビングを出た。浮かれた足取りの隼人と、困った感じの永輝が続いて廊下に出てくる。靴ベラを渡してくれた永輝に、もう一度訊ねた。

「本気で泊まりたくないならそう言ってほしい。無理強いをするつもりはない。私は君に嫌われたくないからね」

まっすぐ目を覗きこむようにして永輝の真意を探ろうとしたが、目を逸らされた。ほんのりと耳が赤くなっているように見えたが、気のせいだろうか。永輝の耳はいつもあのくらいの色だったかもしれない。

靴を履いて靴ベラを返すと、永輝はそれを抱きしめるようにして持った。

「あの、本当に泊まってもいいんですか？」

「ぜひそうしてくれ。隼人、客室を使えるように、永輝君と二人で準備をしてほしい。できるな？」

「はいっ、できます」

元気良く返事をした隼人に微笑みかけ、佐々城は「行ってくる」と玄関を出た。門の外に立つ浅野が、佐々城の姿を認めて後部座席のドアを開ける。

「すまない、待たせた。スケジュールはどうなった？」

「朝一番の会議を昼に回しました。その代わり昼休憩を短縮することになりますが」

「それは構わない」

「会議は今年の冬に発表する新シリーズのプレゼンでした。デザイナーが機嫌を損ねるかもしれませんよ」

浅野が運転席に座り、静かに車を発進させる。新シリーズのデザイナーとは佐々城の母と妹のことだ。彼女たちの機嫌を損ねると面倒だが、永輝を放って出社することはできなかった。

「仕方がない。多少のことは覚悟のうえだ。今朝は有意義な時間を過ごせた。昼食が抜きになろうと、デザイナーから罵詈雑言《ばりぞうごん》を浴びせられようと、永輝君との話に比べたら些末《さまつ》なことだ」

ふっと笑って車窓を眺める。心が浮き立っている。永輝がはじめて我が家に泊まるのだ。一大イベントと言っても過言ではないくらいのことだ。さっきの隼人のように家の中で永輝と手を繋ぐことができるだろうか。

黙っていられなくなって、佐々城は浅野に喋った。

「聞いてくれ、なんと永輝君が今夜はうちに泊まることになった。もっと話したいと思っていたところに、隼人が帰らせずに泊めたらどうかと提案してくれてね。あの子は本当に頭が良いな。さすが私の子だ。素晴らしい発想力だ」

「はあ、そうですか」

「そういえば、永輝君の着替えはどうすればいいんだ。来客用のパジャマなんて、あったかな。客間はあるが……」

「社長のものを貸せばいいのでは？　サイズがちょっと大きいでしょうが、着られないことはないでしょう」

「えっ、私のものを貸すのか？　着られるだろうが、かなり大きいぞ。身長は十センチ以上の差があるし、体重に至っては……どのくらいの差だろうか。こう、肩を抱き寄せたときの感触だと、わりと華奢《きゃしゃ》で――」

サイズの大きなパジャマを着た永輝を想像してみて、佐々城は無言になった。袖が長すぎて指先が出ないとか、ズボンの裾を引きずるとか、ウエストが緩くてずり落ちそうになるとか、さらに細い首から鎖骨にかけて露《あら》わになったり、屈《かが》んだら襟元から乳首がチラ見えしたり、うっかりズボンの裾を踏んで転んだりしたら脱げてしまったとか……。

永輝はそんなドジっ子ではないと思うが、あり得ないとは言い切れない。転んで痛がったら慰めてあげて、打ち身の部分を優しく撫でてあげなければならないだろう。パジャマの上からではなく、できれば素肌を撫でてあげたい。永輝の肌はどういう感触なのか知らない。手を繋いだとき、てのひらは柔らかかった。力仕事など経験がない感じで、白くてきれいな手をしていた。きっと全身の肌がそうなのだろう。

(もし乳首が見えそうになったら、私は礼儀として目を逸らした方がいいのだろうか。凝視してはマズいのはわかる。でもそんなチャンスはめったにないと思うので、すこしくらいは見てもいい……よな？)

よし、乳首は短時間ならOKとして、ズボンが脱げたときはどうすればいい？　下着に包まれた尻を見てもいいものだろうか。男同士だから下着に包まれた尻を見るくらい、どうってことはないだろう。永輝の尻はちいさそうだから、きっと下着もちいさいに違いない。

(はっ、そうだ、下着も一緒に脱げてしまった場合、どうすれば……！)

大変な事態に直面した佐々城は青くなった。永輝の尻。きっと白くて艶々していて二つに割れている。その尻が露わになってしまったとき、佐々城はどういう態度でいればいいのだろうか。

「社長、どうしました？　社長？」

佐々城の様子に不審を抱いた浅野が何度か呼びかけていたが、永輝の尻を見るか見ないかという重大な選択を迫られていた佐々城は、両手で頭を抱えてただ唸《うな》るだけだった。


「ホントに送ってくれなくてもいいんですけど……」

「いや、なんだかんだと引き留めて君を二泊もさせてしまった。三澤社長に一言挨拶をしたい」

「俺、ちゃんと成人した大人なので、そのくらい大丈夫です。事前に連絡したので無断外泊ではないですし」

「それはわかっているが、まだ学生だろう」

運転している佐々城の横顔は固い。意思が翻ることはなさそうなので、永輝はため息をつきつつ後部座席のシートに背中を預ける。となりに座っている隼人は気遣わしげにこちらを見たが、はじめて永輝の家に行く事態になってひそかに喜んでいるようだ。

父親とケンカして殴られたあと、永輝は佐々城家に二泊もした。藍に連絡したので、父親には伝わっているだろう。だからわざわざ佐々城が挨拶する必要はないと思うのだが、仕事上の関係があるため気になるのは仕方がないのかもしれない。佐々城は平日だというのにわざわざ仕事を早めに上がって帰宅したのだ。

一泊のつもりが二泊になってしまったのは、隼人が帰らないでほしいと甘えたのと、片道一時間半はかかる——一応都内間の移動だが夜間になると電車とバスの本数が減って、乗り継ぎが悪くなるせいだ——が面倒臭くなったからだ。佐々城家に通うようになってからずっと漠然と「遠いな」と思っていたが、大学だっておなじくらいの通学時間だったから気にしないようにしていた。だが、実際に泊まってみたら想像以上に楽だった。

おまけに佐々城家の居心地はいい。家が広いのでちゃんと客間がありプライバシーを守れるし、動線が計算されたキッチンと洗濯室は使い勝手がいいし、隼人は可愛いし、顔を合わせれば鬱陶しいことしか言わない父親はいないし、なにより佐々城との時間が増えたのが嬉しかった。

朝と夜に挨拶と引き継ぎをして、あとは休日の散歩くらいしか会えていなかった。家政婦代行なのだから当然だと言われればそれまでだが、やはり佐々城とはすこしでも時間を共有したいと思う。あくまでも隼人の父親なのだからと自分に言い聞かせ、深入りしないように自制していたけれど、佐々城の方からスキンシップを仕掛けられて、わりと本格的に永輝はぐらぐらしていた。

永輝が隼人と手を繋いでいたら佐々城も永輝と繋ごうとしてくるし、永輝が隼人をぎゅっとハグすると佐々城もしようとする。実際にしてくる。そのたびに表情に出さないよう、精一杯クールなふりをするが、はたして成功しているだろうか。はじめての同性との触れ合いに、どうしたって舞い上がってしまう。二泊もさせてもらえて楽しかった。

はじめて泊まった翌朝は、寝起きの佐々城という貴重なものを見せてもらって、永輝はあやうくニヤニヤしてしまうところだった。平日はいつもピシッとスーツを着ていて、休日とてカジュアルなブランドの服を身にまとう姿しか見ていなかったのだ。それが……寝起きのままパジャマで一階に降りてきて、ぼうっとテレビをつけて新聞を広げ、永輝が「コーヒーでも淹れましょうか」と声をかけたとたんにハッと背筋を伸ばした。どうやら永輝が泊まったことを忘れていたらしい。寝癖がついた髪を慌てて手櫛《てぐし》で整えはじめ、永輝はついプッと吹き出してしまった。すぐに「着替えてくる」とリビングを飛び出していってしまった佐々城を目で追い、ずいぶんと年上なのに隼人並みに可愛いと思ってしまった。

残念なことに気を抜いた姿を見せてくれたのはその日だけで、二日目は身支度を整えてから永輝の前に現れた。永輝が洗濯をしてアイロンをかけた白いワイシャツと、品のあるブランドもののネクタイ。寝癖なんかもなくて髭《ひげ》もきれいに剃《そ》られていた。無精髭もカッコ良かったのに、と永輝は心の中だけで呟いた。

（あーあ、もっと泊まりたいなぁ……）

そんな本音が聞こえたのか、隼人が横からつんつんと服を引っ張ってきた。

「またおとまりしてくれる？」

純粋な瞳でじっと見つめられながらそんなことをお願いされて断れる人間なんているのだろうか。

「あー……それは佐々城さん次第かな……」

もちろん泊まりたいが永輝は佐々城に丸投げした。

「お父さん、永輝さんにまたお泊りしてもらってもいいですか？」

「いいとも。永輝君さえよければ、いつでも泊まっていってくれ」

佐々城が頷くから、嬉しく思いつつも永輝は本心を笑顔の下に封じなければならなかった。

そうこうしているうちに車はどんどん郊外へと進み、東京都とは名ばかりの田舎《いなか》の風景になっていく。市バスの停留所がある県道から横道に入れば、もうその先には三澤工芸の社屋と工房、三澤家しかない。隼人が興味津々といったまなざしを車窓に注いでいた。

このあたりはすこし標高が高いので、道の脇に植えられている桜はまだ一分か二分咲きだ。佐々城家があるあたりはもう満開になっている。標高差と距離以上に、越えられない壁みたいなものがあるように感じた。

視界を遮るように広がる雑木林が途切れると、古びたコンクリートの二階建てと、隣接している木造二階建ての民家、そして駐車場を挟んだ反対側にある、真新しい平屋の建物が見えた。コンクリートの二階建ては三澤工芸の社屋で、倉庫も兼ねている。平屋の建物が工房で、木造の民家が三澤家だ。

去年の夏まで、工房は社屋の奥に建っていた。秋に上陸した台風による豪雨で背後の山が崩れ、工房は二十メートルも押し流された。かろうじて社屋と三澤家には被害がなかったが、潰れた工房の中から工具や工作機械を掘り出すのは大変だった。そのときは永輝も職人たちといっしょになって動いたが、必死で掘り出した工具は、ほとんど使い物にならなくなっていた。職人たちの落胆は大きかった。父親も顔色を失《な》くしていた。

けれど、わずか一カ月で父親は工房を建てた。近隣の建築会社に頭を下げまくって頼み、突貫工事で完成させた。それと並行して工具を揃え、二カ月後には仕事を再開していたのだ。まさか年内にすべてを終わらせるとは思っていなかった永輝は驚いた。

宝飾品の加工に必要な工作機械は特殊で、その分、高価だ。そのくらい関わっていない永輝にだってわかる。再開させるのに必要なものを揃えるのは、生半可な労力ではなかっただろう。

あとには借金が残ったわけだが、佐々城から経営者の苦労を聞いてしまったせいで、新しい工房がなんだか眩しく見えてしまう。一方的に父親を責めていた自分は、甘えた子供だったのだ――が、父親の前でそれを認めたくはない。ムカつく。あのクソ親父め、と悪態をつきたくなってしまう。

「着いたぞ」

佐々城が駐車場の隅に車をとめて、運転席から降りる。隼人も飛び跳ねるようにして車を出た。気がすすまないが着いてしまったからには降りなければならない。永輝はどうしても漏れてしまうため息を噛《か》み殺しながら外に出た。

工房のドアが開いて父親が顔を出した。永輝といっしょにいる佐々城と隼人を見つけて驚いている。

「佐々城社長？　わざわざこんなところまで……。息子がなにかしでかしましたか？」

佐々城が現れた＝永輝が問題を起こした、と発想するあたり、やはりクソ親父だ。

「突然すみません、三澤社長。永輝君はとてもよくやってくれていますよ。大変感謝していますよ。今日は二晩も我が家に引き留めてしまったお詫《わ》びに、ご子息を送らせてもらいました」

佐々城がにっこりと微笑んだ。はじめて見るタイプの笑顔で、永輝は内心「あらら」と驚いた。自宅では見せない類のもので、これはきっと営業スマイルだろう。佐々城はプライベートではあまり喜怒哀楽をわかりやすく表現する方ではない。本当に嬉しいとき喜んだときだけ笑みをこぼす。その不意の笑顔がなかなかいい味を出している。

（この営業スマイルは嘘っぽいなぁ。ないよりはあった方がいいんだろうけど）

横から手を握られて、永輝は隼人を見下ろした。どうやら隼人もおなじようなことを感じたらしい。言葉にはしないが目と目で会話する。変な笑顔だね、と。

「ではあちらでお茶でも」

父親が社屋を指さした。工房には接客できるスペースはないし、社外秘のものもある。三澤工芸はSaSaKiの依頼だけを受けているわけではないからだ。佐々城はもちろんそれを承知しているらしく、促されるままに社屋へと足を向けた。

社屋の一階は事務所になっており、姉の藍が仕事中だった。父親がお茶を淹れるように指示すると、藍は来客の顔ぶれに驚きながらも席を立ち、給湯室に入っていく。年代物の黒革のソファセットに四人とも座った。永輝はなんとなく隼人と並んで客側に回る。父親になにか言われるかと警戒したが、片眉をぴくりと上げただけで口を開かなかった。

「佐々城社長、昨年はお見舞いをありがとうございました」

まず父親が佐々城に頭を下げた。佐々城は「いえいえ」と首を横に振っている。

「たいしたことができなくてすみません」

「そんなことはありません。助かりました」

大人の会話を黙って聞いていたが、佐々城が見舞金を送っていたことをはじめて知った。そういう大切なことをどうして教えてくれないんだと、永輝はまたもやクソ親父と毒づく。

「うちの息子は、社長の家で役に立っていますか？」

「ええ、とても。家事だけでなく、隼人とも仲良くなってくれて、安心して家を任せられます。幼稚園の先生にも評判で、春休みが終わったあともずっと通ってきてもらいたいくらいです」

父親へのリップサービスにしても佐々城の口からそんな褒め言葉を聞けて、永輝はじーん……と胸が温かくなった。大学がはじまってからも佐々城家に通いたいと思っていたからなおさらだ。この件に関しては、佐々城と話し合おうと決める。

「永輝君といろいろと話していて思ったのですが……」

「はい、なんでしょう？」

「三澤工芸へ融資をさせてもらえないでしょうか」

えっ、と永輝は固まった。父親も瞠目《どうもく》して動かない。

「工房の再建の際、三澤社長が取引先からの融資をすべて断ったのではないかという推測のうえで、私はいま申し出ています」

「だったら……」

「ですから、私はSaSaKiの社長としてではなく、一個人として話をしています。私が個人的に融資をするのは有りでしょうか」

「…………は……？」

父親がぽかんと口を開いた。永輝もあまりの展開にまじまじと佐々城を眺めてしまう。そこにお茶を運んできた藍も加わって、話が理解できていない隼人以外の面々に沈黙が下りた。佐々城だけが目をきらきらさせて生き生きとしているのがなんだか変だ。

「永輝、おまえが佐々城社長に頼んだのか？」

ギロリ、と父親に睨まれて、永輝は慌てて首を横に振った。

「そんなこと頼むわけがないだろ。ほら、日曜日の夜に殴られて、顔が腫れたまま月曜日の朝に出かけたから、それはどうしたんだって佐々城さんに聞かれて、まあ、軽く事情は話したけど。あの、佐々城さん……？　個人的に融資って……お金持ちなのは知っていますけど、いまのいままでそんなことチラリとも言わなかったじゃないですか。どうしたの？」

「急な話でみなさんを驚かせてしまったようだな。軽い気持ちでこんな話をしたわけではないが、性急すぎたのは反省する。ここまで永輝君を送ってきて、真新しい工房の建物を目にしたら、融資しなければいけない気になったんだ」

「本気ですか？」

性急すぎるにもほどがある。永輝はくらくらしてきた。

「三澤社長、あなたの崇高な意思は尊重したいですが、私としては御社の経営が悪化していくのを見過ごすわけにはいきません。たとえ融資をしても、運営や工房の仕事内容に一切口を出さないと約束しましょう。もし、その約束を私が一方的に反故《ほご》にしたら、融資した全額を寄付というかたちで処理すると正式な書面に残してもいいです。私は債権を放棄します」

「ちょっ、ちょっと佐々城さん、なに言ってんですか、マジでなに言ってんですか、そんなことしたら大損ですよ。やめてくださいっ」

平然としている佐々城に、永輝は慌てた。前言撤回させなければ、父親がいそいそと書類を作ってしまいかねない。たしかに父親は職人気質で頑固だが、借金の返済にてんてこ舞いしているいま、すこしでも有利な条件で融資が受けられるなら飛びつきかねない。

現に、父親は押し黙って、なにやらいろいろと考えている様子――。

お茶が入った湯呑《ゆのみ》をテーブルに置いたあと立ち去るタイミングを逸した藍も、困惑顔で立ち尽くしていた。佐々城はゆったりとした所作で湯呑を取り、しずかにお茶を飲んだ。

「美味しいです」

「あ、ありがとうございます……」

藍はおろおろしながら盆を胸に抱えた。

「佐々城社長」

「はい」

ひとつ息をついた父親が、おもむろに口を開いた。

「あんたはうちの娘との見合い話を断った。もし話が進んでいたら、融資話が出ても不思議ではなかったと思うが、すでに断っている。赤の他人が経営する、こんなちっぽけな工房にポケットマネーを差し出して、いったいなんの得があるんだ？」

「損得で言うなら、三澤工芸を失くしたくないからです。我が社にとって三澤工芸は大切な下請け工房ですからね。三澤社長がSaSaKiからの融資を受けてくれたら問題はありませんが、そうできない、したくないという矜持《きょうじ》があるならば個人的な資金を出す用意があります。それに、社長、一言付け加えさせてもらえるなら――赤の他人の会社ではありませんよ。永輝君の大切な実家です。永輝君は隼人と私の友人ですから、困っているならなんとかしてあげたいと思うのは当然です」

キリッと言い切った佐々城だが、完全におかしい。自覚がないようだが、どう見てもおかしい。永輝はただの家政婦代行だ。たしかに隼人とは仲良くなったが、まだ知り合って一カ月もたっていない。それなのに大金を投じようだなんて、頭が沸いたとしか思えない。

「佐々城さん、とりあえず、今日のところは帰って、だれかに相談した方が良いですよ。自分一人で決めないで、ね」

まるで特殊詐欺にひっかかりそうな老人に警戒を呼びかける人のような言い方になってしまった。

「気持ちはありがたいけど、そんな大切なこと、佐々城さんが勝手に決めたらあとで揉めますよ」

「私の金を私が自由にしてはいけないと言うのか？」

「いえ、そんなことは言っていません。ただ、よーく考えた方が……ってことです。そうだ、浅野さんはどうですか？　信頼している秘書でしょう。相談してみたらどうですか？」

「…………君がそう言うなら、浅野に話してみようか………」

「絶対にそうした方が良いです、ね？」

浅野なら佐々城の暴走を止めてくれそうだから名前をあげてみたが、どうやら相談する気になってくれたみたいだ。良かった。ホッと胸を撫で下ろした永輝だが、つぎの父親の言葉に唖然とした。

「佐々城社長、もしかしてあんた……永輝に手を出したんじゃないだろうな……！」

…………は？

唖然と口を開けて、永輝は突拍子もないことを言い出した父親を見た。カラーンと乾いた音がして、そちらを振り向けば、藍が抱えていた盆を落としている。

「見合い話を断ったのも、女より男が良かったからなのか？　藍よりも永輝の方が良くて、口実を作って自宅に誘いこみ——」

「なに言ってんだよ、父さん！」

とんでもないエロ漫画的妄想を語りそうになった父親を怒鳴って止めた。

「そんなわけないだろ。なに考えてんだ。バカじゃないのか。佐々城さんはちゃんと結婚して隼人っていう可愛い子供までいるんだぞ。俺に手を出すとか、そんなことあるわけない！　女より男が良いなんて、佐々城さんに限ってあるわけないんだよ！　くだらない妄想で佐々城さんを侮辱しないでくれ！」

「あるわけないってことはないだろ。おまえは実際にきれいな顔をしているし、佐々城社長はまだ三十代半ばだ。ムラムラしたときにおまえがそばにいたらうっかり手を出すこともあり得るだろうが」

「だからないって！　ないないない！　うっかり手を出すなんて、あり得ない！」

永輝は佐々城がどんな顔をしてこの応酬を聞いているのか、怖くてそっちを見られない。背中にじっとりと嫌な汗が滲んだ。父親が自分のことを「きれいな顔をしている」と思っていたことにも驚きだ。

「だから佐々城さんは絶対にノンケだから！」

「じゃあ、おまえから誘ったのか？」

「だからないって！　どうしてそっちに発想が向くんだよ、もうっ」

いい加減にしろ、と父親を睨みつけたら、思いがけずに真剣な目が返ってきた。

「おまえが女よりも男を好きなことくらい、俺は知っているぞ。おまえの部屋から、そういう本を見つけた」

爆弾が落ちた。永輝の上に。一瞬、息が止まる。

目の前が真っ暗になり、ついで真っ白になり、なにも考えられなくなった。全身の力が一気に抜けて、怒鳴り合いの最中に浮かしていた腰を、ドスンとソファに落とす。永輝は両手で頭を抱えた。

父親が知っていた。いつから知っていたのだろう。ソッチ系の雑誌は、たしかに試しに買ったことがある。嫌悪感はなかったが、たいして面白くもなくて、しばらくしてから捨てたはず。自分の部屋には鍵がないし、父親が出入りしていたとしても永輝はわからなかっただろう。

まあ、腐っても父親なのだから気づいていたとしても不思議ではない。

それはもう仕方がないとして――なぜ、いま、言うのか。佐々城の前で……。

がくりと項垂《うなだ》れた永輝の背中を、隼人のちいさな手が撫でてくれた。たぶん大人たちの会話の意味は半分くらいしかわかっていないだろうが、永輝がショックを受けて落ちこんでいるのは察してくれたようだ。ちいさな手の慰撫《いぶ》が、永輝にはじゅうぶん有効だった。

「佐々城社長、息子は否定しているが、本当にそういう関係にはなっていないでしょうね？」

「なっていません。私は永輝君をそういった対象として見たことは一度としてありません。ご安心ください」

はっきりと言い切った佐々城に、永輝はいまさらながら傷ついた。

佐々城がノンケで、永輝のことをこれっぽっちもそういう対象として見ていないことくらい、わかっていた。それなのに佐々城からきっぱりと望みがないと宣言されて、胸の奥が軋《きし》むように痛む。

「信用していいんですね」

「信用してください」

ギシギシと嫌な音を立てるようにして、心のどこかにヒビが入った。痛くて、苦しくて、息が詰まる。大声でわめいて事務所から飛び出していきたい衝動に駆られた。だが、みんなの前で、そんな醜態は晒せない。とくに佐々城と隼人には、自分が傷ついて泣きそうになっていることは知られたくなかった。

(泣くな、泣くな、泣くな、笑え、笑えよ！)

必死で折れそうな心に呼びかける。自分を叱咤《しった》激励して、なんでもないふうを装って、永輝は顔を上げた。それでも父親と佐々城を見る勇気はなかったので、傍らにいる隼人に視線を移した。心配そうに見つめてくる隼人に微笑む。永輝が笑顔を見せたことでホッとしたらしく、隼人も口元を緩めた。お礼に永輝も隼人の頭を撫でてやる。

佐々城と父親の会話は、いつのまにか融資の話に戻っていた。永輝のセクシャリティを暴露した父親は、たぶん自分がとんでもない爆弾を落としたという自覚がない。平然とした口調で喋っている。

(やっぱりクソクソクソクソクソ親父だ)

デリカシーのカケラも持ち合わせていない、最悪の父親だとレッテルを貼らせてもらう。

「それでは後日、また詳しい話をさせてもらいに伺います」

「いえ、こちらが行くのが筋ってもんでしょう。融資を受けるのはこちらだ。あとでスケジュールを確認して、時間が取れそうな日を連絡します」

「よろしくお願いします」

「こちらこそ、よろしくお願いします」

　佐々城と父親は立ち上がって、固い握手を交わした。佐々城が融資をすることに決まったらしい。浅野に相談した方が良いと助言したのに、佐々城はもう決めてしまった。どうなっても知らないぞと、佐々城以外の人間なら突き放せる永輝だが――。

「さあ、隼人、帰ろうか」

　一仕事を終えたかのように清々《すがすが》しい表情で、佐々城が隼人に手を差し伸べる。隼人といっしょに、永輝も佐々城家に帰りたいと思った。でももう、いままでのようにはいかないだろう。

　事務所を出て、すっかり日が落ちて暗くなった駐車場を横切る。隼人を後部座席に座らせた佐々城が運転席に乗りこもうとしたタイミングで、永輝は声をかけた。

「佐々城さん、ちょっと……」

「なんだい？」

　ドアを開けたままで振り向いた佐々城に歩み寄り、永輝は車のドアを押して閉めた。できるなら隼人に話を聞かれたくない。

「さっきの話だけど」

「融資のこと？」

「違う、父が俺をゲイだって言ったことです。あれ、本当ですから」

「そうか」

　佐々城は顔色を変えることなく、こっくりと頷く。本当に意味がわかっているのかと疑いたくなる。

「正確にはバイで、女の子とも付き合えるんですけど、同性もＯＫなのは本当です。それで、家政婦の竹中さんが復帰するのはいつですか？　まだ悪いの？」

「竹中さんはもうずいぶん良くなったらしいが、自宅で療養してもらっている。君の春休みが終わるまで休むようにと伝えてあるから、あと十日といったところか」

「俺がいますぐ家政婦代行を辞めたら、代わりはいないんですよね？」

「辞めるつもりなのか」

佐々城の顔からすっと感情が消えたように見えた。一歩、間合いを詰めてきた佐々城に圧《お》されるように、永輝は下がる。辞めてほしくないような態度に見えるが――。

「だって、俺みたいな人間が家にいると困りますよね？　俺はいつでも辞めるつもりでいるから、迷惑なら言ってほしいです」

「どうして君が家にいたらいけないんだ？　迷惑ってなにが？　私にわかるように説明してくれ」

がしっと腕を摑まれて凄《すご》まれてしまった。男もＯＫと知っても躊躇《ちゅうちょ》なく触れてくる佐々城に、永輝は戸惑った。

「いや、ですから、俺はバイなんです。意味わかってます？　男もＯＫっていうタイプ。そんな奴が大切な一人息子の世話をしたり、家の中の掃除をしたり洗濯をしたり料理したりって、抵抗あるでしょう？　隼人の教育に悪いと思ったとしても、俺は佐々城さんを責めたりなんかしないし、二度と顔を見せるなって軽蔑されても当然だと――」

「そんなふうに思うわけがないだろう」

目を吊《つ》り上げて怒りをたたえた表情をしている佐々城に、永輝は驚いた。最近は笑顔を見せてくれることが増えたが、めったに怒ることはない佐々城が、怒っている。どうやら怒らせたのは永輝らしい。

「君にはものすごく世話になった。君のおかげでどれほど私たち親子が助かったか、知らないとは言わせない。気難しい性格の隼人と上手に付き合ってくれ、私ともコミュニケーションを取ってくれた。ベテランの家政婦並みにはできないと言いつつも、きちんと家事をやってくれた。君の作る料理には心がこもっていて温かい家庭の味がした。私は毎日、仕事を終えて帰るのが楽しみだった。仕事人間のこの私が早く家に帰りたいと思うほどに、君と隼人が待つ家は魅力的だった。休日ともなれば君と隼人と三人で公園まで散歩に行き、お金をかけなくても家族揃って外の空気を吸うだけで癒されると教えてくれた。君には本当に感謝している。ありがとう」

「佐々城さん……」

こんなに人から感謝されたのははじめてだった。父親からは役立たずの烙印《らくいん》を押され、学校では勉強ができない落ちこぼれと謗《そし》られ、ファストフード店でせいぜいマニュアル通りの接客をするくらいしか能がないと思いこんでいた。

でも佐々城は、永輝の精一杯の働きを評価してくれたのだ。こんなに嬉しいことはない。

「私は企業の経営者だ。従業員の中にはいろいろなセクシャリティを持つ者がいるだろう。それによって人間性を否定したり仕事内容で差別したりしないようにと、社内には徹底させているつもりだ。見縊《みくび》ってもらっては困る。先頭に立って号令をかけている私が、君を軽蔑するわけがないだろう。君は有能で心優しくて、私たちのとても大切な友人だ。ぜひこれからも家に来てほしい。春休みが終わって竹中さんが復帰しても、友人として私たちに会いに来てほしい。そう頼もうと思っていたところだった」

永輝は駐車場が暗くて良かったと思った。感激して目を潤ませている顔を、佐々城に見られたくない。感謝してくれている気持ちはじゅうぶんに伝わってきた。これからも友人として付き合っていきたいと言ってもらえて、胸がいっぱいになるほどの喜びだ。

けれど同時に、引き裂かれるように胸が痛んだ。

この痛みがなんなのか、永輝は知っている。過去に、大好きだった先輩に美人の彼女ができたと聞いたときとおなじだ。告白なんかできなかった。永輝も女の子と付き合っていた。失恋に傷ついた心を隠して、彼女とデートをした。あのとき、ものすごく苦しかった。だれにも言えなかったから、余計に辛《つら》かったんだと思う。こんなに先輩のことが好きだったんだと自覚して、自分のベッドの中でこっそり涙した。

先輩に失恋したときとおなじ――いや、もっと酷《ひど》い痛みだ。

(俺、いつのまに佐々城さんのこと、こんなに大好きになっていたんだろう……)

佐々城に惹かれている自覚はあったが、深入りしないように自制できていると思っていた。絶対に傷つくから、「この人いいな」と思うくらいで留めておこうと。

でも――直視しないようにしていただけなのかもしれない。自分の気持ちを。

(やっぱ、俺ってバカだ)

頭が悪い。とことん悪い。友人として、と強調されて傷つくくらい大好きになっていたことに、いまになってから気づくなんて。

足が萎えてしまいそうなほどの脱力感に襲われた。なんとか踏ん張って、その場に蹲りたくなる体をまっすぐ立たせた。

「頼むから、私たちを見捨てないでくれ。これからも仲良くしていきたい。明日も、来てほしい。来てくれるね?」

「……はい……」

永輝が涙をこらえながら頷くと、佐々城はホッとしたように肩の力を抜いて離れた。車の後部座席を見ると、隼人が不安そうに窓越しに永輝を凝視している。佐々城と永輝の真剣な空気は感じていただろう。安心させたくて微笑んだが、ちゃんと笑えていたかどうか自信がない。

「じゃあ永輝君、また明日の朝」

「はい。気をつけて帰ってください」

走り去っていく佐々城の車を見送り、永輝は踵《きびす》を返して自宅に向かった。まだ工房にも事務所にも煌々《こうこう》と明かりがついている。いまなら家で一人になれるだろう。自分の部屋で女々しく泣こうと、永輝は涙をこらえた。

永輝がゲイだった……。正確にはバイか。

佐々城は集中力が途切れてふと書類から顔を上げ、窓の外を眺めた。春らしい明るい陽射しが降り注ぐ中庭が見える。自社ビルの三階にある社長室からは、樹齢五十年を越えるソメイヨシノのてっぺんくらいが目線になる。満開の時期は過ぎ、とうに葉桜になった。

（三澤工芸のあたりの桜は、まだ二分咲きていどだったな……）

昨日のことを思い出すと、どうしても頬が緩んでくる。気を抜くとニヤニヤと笑ってしまいそうになり、仕事に支障が出そうで困っていた。

永輝がバイだったのは驚きだが、困惑したとか裏切られたとかのマイナスのショックは一切ない。むしろ良かったと心が浮き立つ感じがする。なぜだろうか。

佐々城は社長室内の隅に置かれたデスクで仕事をしている浅野をちらりと見遣った。黙々と書類仕事をしている浅野は、妻子がある。二人の子供はすでに成人したと聞いた。佐々城よりもずっと人生経験が豊富なはずだから、きっと疑問に答えてくれるだろう。

「浅野、すこし質問をしたいが、いいか？」

「はい、なんでしょう」

サッと顔を上げて、かけていた老眼鏡を外した。

「ビジネス上のことではなく、プライベートに関することなんだが」

「はい、構いませんよ」

ニコッと浅野は微笑んで促してくれる。佐々城が一旦なにか疑問を抱えて集中力を欠くと、解決するまでなかなか元に戻れないことを知っているからだ。

「昨日、永輝君を三澤工芸まで送っていった」

「はい、知っています。そのために仕事を早めに切り上げて、社長は退社しました」

佐々城を自宅まで送ってくれたのは浅野だから、当然知っている。

「そこで三澤社長に会い、すこし話をした。その中で、永輝君のセクシャリティについて聞いてしまったんだが——。どうやら永輝君はバイセクシャルらしい。つまり、女性も男性も、両方とも恋愛対象になるということだ」

「……そういった個人的なことを、私に話してしまっても良かったんですか？」

「ああ、そうだったな。永輝君は嫌がるだろうか」

「とりあえず私が聞いてしまったことは伏せておきましょう。それで？　社長は永輝さんの秘密を知って、戸惑っているのですか？　気持ち悪いとか、もう付き合いたくないとか？」

「いや、まったくそんなふうには思っていない。むしろ、その……喜ばしいと思っている。驚いたのは否定しないが、なぜだか『良かった』『嬉しい』と思ってしまったんだ。いったいどうしてだろうか。浅野はわかるか？」

佐々城は真剣に問いかけているのに、浅野はやれやれといった感じで首を左右に振り、老眼鏡をかけ直して書類に向き直ってしまった。

「浅野、答えてくれ」

「社長……そんなこともわからないんですか。本気で聞いているんですか」

「冗談でこんな相談をするわけがないだろう」

浅野がデスクに頬杖をついた。いつも姿勢よくしている浅野のそんな怠惰なポーズを見たのははじめてで、ちょっとびっくりする。

「私としては、社長に自分で解答を探ってほしいところなんですが、その悩みにかまけて仕事が滞ると困るので、正解を教えましょう。いいですか、よく聞いてください」

佐々城は姿勢を正して教えを乞う気持ちを表した。

「永輝さんが女性も男性も愛せると知って社長が『良かった』『嬉しい』と思ったのは、社長自身が同性である彼に好意を抱いているからです。つまり、恋をしているんです」

意外すぎる答えに、佐々城は茫然《ぼうぜん》とした。ぽかんと口を開けている佐々城に、浅野がため息をつく。

「永輝さんと知り合われてから、社長はあきらかに彼に夢中でしたよ。口を開けば『永輝君が』ばかり。てっきり自覚があって私に喋っていると思っていました。あれだけ永輝さんのことで頭をいっぱいにしておきながら、それでどうして自分の気持ちに気がつかなかったのか、私には不思議でなりません」

「……最初から、私が永輝君に好意を抱いていたと、浅野はそう言いたいのか？」

「はい」

浅野は頷いたあと、もう話は終わりとばかりに書類を手に取る。カサカサと浅野が紙をめくる音だけが、静かな社長室の中で聞こえた。

「……私が……永輝君に恋……？」

のろのろとハイバックチェアに背中を預け、佐々城は約一カ月前の出会いを思い起こす。印象が薄くてぜんぜん興味を抱けなかった見合い相手の、弟として現れた永輝。気難しい息子と仲良く手を繋いでいるのを見て驚いた。はきはきと喋ってくれるから、とてもわかりやすくて好感が持てた。家政婦代行をしてくれると言うから、見合い会場からそのまま自宅に連れて帰った。

たしかに最初から好意を抱いていたのだろう。でなければ、初対面の青年を連れて帰るわけがない。

「そうか、あれがお持ち帰りというやつだったのか……！」

合点がいったと、佐々城は手を叩《たた》いた。ちらりとこちらを見た浅野が「ほとんど一目惚《ぼ》れだったのでは？」と指摘してくる。

「一目惚れ……私には無縁な言葉だと思っていたが、どうやらそうだったようだ。なるほど、私はいつの間にか恋に落ちていたというわけか。それで毎日、永輝君のことばかり考えてしまうし、隼人のように永輝君と手を繋ぎたいだとかハグしたいだとか、許されるならそれ以上のこともしたいとかいろいろ願望が芽生えていたんだな。そうかそうか」

　疑問が一気に解決して、佐々城は胸のつかえがなくなったようでスッキリした。こころなしか視界も明るく見える。

「私は永輝君とおなじでバイだったのか。知らなかった。三十五歳にもなってあたらしい発見をしてしまった。浅野、ありがとう。教えてくれて」

「礼を言われるほどのことはしていません」

「もしかして、私が潜在的にバイだと佐友里《さゆり》は気づいていたんだろうか」

　佐友里とは別れた妻のことで、隼人の母親だ。現在、アメリカのNY《ニューヨーク》に住んでいる。ジュエリーデザイナーだ。まだ再婚はしていないが、いっしょに暮らしている恋人がいると聞いた。ときどき隼人の様子をメールで伝えるくらいの関係で、結婚生活を送っていたころの話などはまったくしていない。

　浅野は肩を竦《すく》めて「わかりません」と答えた。

「気になるようでしたら、佐友里さんに聞いてみたらいかがですか」

「そうだな」

　佐々城はデスク上の置時計をちらりと見た。話を聞くならメールではなく電話がいいだろう。東京とNYではかなりの時差がある。変な時間に電話をしたら佐友里を怒らせそうなので、時差を考えなければならない。いま午後二時だから、マイナス十四時間でNYはもう深夜零時だ。美容にうるさい佐友里のことだから、すでに寝ているだろう。

（七時間後くらいに電話をしてみよう。できるだけはやく意見を聞きたい。出勤前に捕まえられたら。その前にメールで用件を伝えておけば手っ取り早いな）

ふむ、と佐々城は頷いて、さっそく別れた妻にメールを送った。そして午後九時頃にアラームが鳴るように自分の携帯電話を操作する。

「社長、憂いが晴れたなら仕事に戻ってください」

「わかっている」

佐々城は頭をカチッと切り替えて、目の前にある書類に意識を向けた。

真面目に社長としての仕事を終え、浅野が運転する車で帰宅する。すっかり日が暮れた住宅街を行くあいだ、佐々城の頭の中は家で待っている永輝のことでいっぱいだ。自覚してしまった以上、浮かれる心を制御することは難しい。

もちろん隼人への愛情もあるが、それとこれとは別なので、かつてないほどにウキウキしている。たぶん、こんな気持ちになったのははじめてだ。佐友里と婚約中のときも、それ以前に何人かの女性と付き合っていたときも、これほどに「会いたい」「はやく顔を見たい、声を聞きたい」「できれば親密な関係になりたい」と思ったことはない。

「浅野、恋とはなんて楽しいものなんだろう。私はいま世界がバラ色に見えている」

「そうですか……」

「ぜひ永輝君と恋人になりたいんだが、告白すればいいのか？　私はいままで告白したことがないからわからない」

　過去の恋人たちはすべて相手からのアプローチだった。自分からは一切動いていない。

「社長、とりあえず永輝さんの様子を窺《うかが》ったらどうでしょうか。同性を恋愛対象にできるからといって、社長が好みのタイプかどうかはわかりませんからね。性急にコトを進めようとしたら、セクシャルハラスメントになりかねませんよ」

「そうか、そうだな。私は彼の雇用主だった。もうすぐ一カ月になるが、まだ一度も報酬を払っていない。この段階で告白して恋人になってくれと迫ったら、報酬を盾に交際を迫る図というのが出来上がってしまうか……」

　さすが人生経験豊富な浅野は、客観的にものが見えている。相談して良かった。

「ちょうど、明日から四月になる。バイト代は春休みが終わったときにまとめて渡すことになっていたが、キリがいいので三月分を明日渡すことにしよう」

「それは良い考えです。佐々城家の家計上の都合とでも言い訳をすれば、そう疑うことはないでしょう。それから数日たってから、告白したらいかがですか。隼人さんがいない場所でしてください。断られても逆上してはいけませんよ。なぜ受け入れてくれないのかと理由を問い詰めるのもＮＧです。断拒まれたら、あくまでも冷静に紳士的に、引き下がってください。永輝さんが三澤工芸の社長子息であることをお忘れなく」

「浅野………私が断られることを前提に話していないか？」

「滅相もございません。私は社長の味方です」

「ならばいい」

ふう、と息をついて、車窓を眺める。自宅が近づいてきた。永輝と隼人という、佐々城にとって大切な二人が待っているのだ。嬉しい。

ふと、過去の恋人たちは、自分と会うときはこんな気持ちになっていたのだろうかと思う。

佐々城はいつだって女性にたいして興味はなかったが、これも経験だと判断して、付き合っている相手がいないときに告白されたら受け入れていたにすぎない。セックスも要求されれば応じた。猛烈な性欲を感じたことはない。はじめてのときすら、こんなものか、という感想しかなかった。そんな付き合いだったからか、たいていは「愛されている気がしない」と言われて振られるのが常だった。去っていく彼女たちを、佐々城は一度として引き留めたことはない。悲しくはなかったが、寂しい気持ちはあった。

佐友里が離婚を申し出たときはさすがに話し合おうとしたが、彼女の中ではすでに結論が出ていて、それを佐々城が翻すことは困難だった。結局、彼女の望み通りに離婚することが、彼女の幸せなのだろうと思って離婚届に判を捺《お》した。

佐々城はきっと恋愛に対して鈍感なのだろう。まさかいい年をした大人の男が超絶に鈍いなんて予想もつかずに女性たちは寄ってきて、けれど時間とともに佐々城の人となりを理解して離れていった。もしいまの佐々城のように彼女たちが自分に恋をしてくれていたのなら、申し訳ないことをした。

もっと大切に扱うべきだった。もっと興味を持って彼女たちの話を聞き、彼女たちの顔を見つめてあげれば良かった。

永輝が受け入れてくれたら、大切にしたい。どんな話だって聞きたいし、どんなしぐさだって目に焼き付けたい。隼人と三人でずっと仲良くしていきたいと思う。

（そのまえに、佐友里と話をしよう。私が男性もいけると気づいていたかどうか、私のなにが物足りなくて愛情が冷めたのか、私のどこをどう改善したら良いと思うのか、聞きたい）

聞きたい項目が増えていたが、佐々城は気にしていない。とにかく永輝を手に入れるためには、できるだけの下調べをして万全の態勢で挑みたいのだ。

浅野が自宅前にぴたりと車をつけてくれ、佐々城は「ごくろう。また明日」と声をかけて門を開けた。玄関を開けると、いつものように隼人と永輝が並んで待っていてくれた。

「おかえりなさい、お父さん」

「おかえりなさい、佐々城さん」

二人の笑顔に、母親と妹から無表情と呼ばれている佐々城も笑み崩れそうになる。商社時代に営業スマイルだけは身につけたが、プライベートでは喜怒哀楽を表現することが苦手だった。子供時代からそうだったので仕方がない。だが永輝が来てくれるようになってからというもの、佐々城の表情のパターンはあきらかに増えた。

「ただいま」

微笑んで靴を脱ぐと、永輝がさっと手を差し出してカバンを受け取ってくれる。揃えて出してくれてあったスリッパに足を入れると「ああ、帰ってきたんだ」と実感できて、幸せだ。

隼人は入浴を済ませたようでパジャマ姿になっている。よしよしと自然に頭を撫でることができた。

「今夜は親子丼にしたけど、食べますか？」

「もちろん、食べるよ」

「いつも簡単なものでごめんなさい」

「簡単じゃない。どんな料理でも食材を揃えて調理をするという手間がかかっている。それに、永輝君が作るものはみんな美味しいから私は好きだよ」

足を止めて、きちんと永輝の目を見ながら言ってみた。アピールだ。三月分のバイト代を払って告白するまでのあいだ、すこしずつアピールしていくことに決めた。永輝はちょっと驚いたように目を丸くしたあと、すっと視線を逸らした。逸らされたことにショックを受けたが、これしきのことでめげていてはダメだ。

「食事のまえに電話をしなければならない。一件だけだから五分程度で済むと思う。終わったらすぐにダイニングへ行くから、食事を用意しておいてくれないか」

「あ、はい。わかりました。じゃあ、ぼちぼち用意しています」

「すまない。時差があるからタイミングを外すと繋がらなくなるんだ」

「時差？　海外に電話をするんですか？」

「ＮＹだ」

永輝が持ってくれていたカバンをふたたび手に取り、二階の書斎へ行く。スーツの内ポケットから携帯電話を出すと、ちょうど設定したアラームが鳴りはじめた。音を切ってから、ＮＹの佐友里に電話をかける。

『もしもし、博憲？　ひさしぶりね』

「ひさしぶりだ。元気か？」

メールのやり取りはしていたが、こうして直接声を聞いたのは半年ぶりだった。

『私は元気よ。ビジネスではときどきムカつくことがあるけど、おおむね順調ってとこ。バリバリやってるわ。隼人は元気？　もう年長組になるのね』

「隼人は元気だ。あまり風邪もひかない。いまは春休み中で、漢字ドリルが進んでいるようだ」

『あいかわらずのようね』

ふっと佐友里が苦笑したのがわかった。

『それであなたは、別れた妻になにを聞きたいの』

「メールを読んでくれていないのか？　そこに書いておいたんだが」

『メールなら読んだわ。あなたの戯言《ざれごと》が書いてあった。普通、元妻にこんなこと聞かないわよ』

電話の向こうで佐友里がため息をついている。今日は浅野にも何度かため息をつかれた。自分はそんなにも常識外れの呆れた言動をしているのだろうか。

「すまない。どうしても君の意見を聞きたくて」

『あなたが同性にも惹かれる性質だと気づいていたかどうか、ですって？　そんなことを聞いてくるってことは、いま男も有りだって思っているってこと？　別れたダンナがゲイだった……って、まるで映画か小説みたいね。びっくりだわ』

「私だって驚いている。まさか彼に恋をするとは、想像もしていなかった」

『あら、恋をしているの？　すごいわ。ビッグニュースね。氷の女王並みに冷血だったあなたを恋に悩む男に堕としちゃうなんて、いったいどこのだれよ』

佐友里の声はあきらかに面白がっていた。興味本位で聞いてくれるなと言いたいが、元妻のアドバイスが欲しくて我慢する。

「じつは……」

佐々城はかいつまんで事情を話した。家政婦がギックリ腰で療養中であること、たまたま見合いをした相手の弟が家政婦の代理を申し出てくれたこと、彼は隼人とてもうまく付き合ってくれていること、そして彼のことが気になってたまらなくて、最近は触りたくて仕方がなくて、秘書の浅野に相談したら恋だと指摘されたこと――。

「浅野には一目惚れではないかと言われた。私は自覚がなかったが、最初から永輝君に夢中だったようだ」

佐友里が電話の向こうで爆笑している。こんなに大声で笑う女性だったのかと、佐々城は意外に思った。短い結婚生活の中で、佐友里がこんなふうに楽しそうに笑っている場面を見たことがない。

『さすが浅野さん、的確だわ。すごい。あなたのことを子供のころから知っているだけあるわ』

「浅野がすごいのは認める。佐友里、笑ってばかりいないで、私の質問に答えてほしい」

笑いの発作が自然におさまるまで待っていたら、永輝が用意してくれた夕食が冷めてしまう。佐々城が急かすと、佐友里は『ぐふっ』と変な喉声を出しながら『なんだったっけ？』と聞いてきた。

「私が男性もいけると気づいていたのかどうか、私のなにが物足りなくて愛情が冷めたのか、私のどこをどう改善したら良いと思うのか、教えてくれ」

『えっ？　質問事項が増えてない？』

「いいから、君が私をどう思っていたのかが聞きたい。今回は失敗したくないんだ」

『あらあら、必死ね。どうして私のときにも必死になってくれなかったのかしら。まあ、恋をしていたわけじゃないから、それは仕方がなかったのかもしれないけど。私のこと、ただの古い友達だって認識なのかしら。私との結婚はなかったことにしたいの？』

冷たく突き放すように言われて、佐々城は「しまった」と失敗を悟る。

「すまない。言い方が悪かった。君との結婚生活は失敗だったが、なかったことにしたいとは思っていない。隼人を授けてくれたことには多大な感謝をしている。隼人は私の宝物だ。できれば君ももっと愛したかった。だが仕事にかまけて、家庭と向き合う余裕がなく、なにもしなかった。それは本当に反省している。申し訳なかった。だからその失敗を踏まえて、永輝君とは末永く付き合っていきたいんだ。私は自分が不器用だとわかっている。恋をしていると浅野に指摘されるまで気づけなかったくらいだ。だから――」

『わかった、わかったから、もういいわ』

「本当にわかってくれたのか？」

『あなたの熱弁はもういい。じゅうぶん本気だってことは伝わったから。それで、なんだったかしら、なにが聞きたいって？』

「私が男性もいけると気づいていたかどうか、私のなにが物足りなくて愛情が冷めたのか、私のどこをどう改善したら良いと思うのか」

『そうね……まず、あなたがゲイかどうかってことだけど、私はとくにそんなふうには感じていなかったわ。対象が女か男かということよりも、人間全般にあなたは関心がないって思ってた。だから周囲に結婚を勧められたときに二の足を踏んだんだけど、まあ、熱烈な愛情でもって結婚した夫婦でも時間とともに冷めて離婚することがあるんだから、すこしずつ歩み寄っていってほどほどに穏やかに生活できればいいかなって考えたの。出産後に仕事復帰したかったから、その点は理解があるだろうなと思っていたし』

そうだ、佐友里は結婚するとき、そんなことを言っていた。佐々城もその夫婦像には賛成だった。

『結局、私は自分が理想とする夫婦像に向いていないってことがわかった。ドライな性格だと思っていたけど、じつはそうじゃなかったのよ。熱烈に愛してほしいタイプだった。バカだったわ。自分で自分がよくわかっていなかった。あなたは離婚で終わった私たちのことを自分だけが悪かったって思っているみたいだけど、そうでもなかったのよ。私とあなたは、最初から相性が悪かった。おたがいに、それに気づいていなかったの』

まさか佐友里の口からそんな言葉が聞けるとは——。

「…………君がそんなふうに思っていたなんて、いまはじめて知った。驚きすぎて、なにも言えない」

『だっていまはじめて言ったんだもの。察しが悪いあなたにわかるわけないじゃない』

あはははは、とまた佐友里は快活に笑った。

『私、いま幸せなの。だからあなたを悪く言わないだけかもしれないけど』

どうやら佐友里は恋人とうまくいっているようだ。それはそれで良かったと思う。

『その永輝君っていう意中の彼と、相性が合うといいわね。あなたをそこまで必死にさせる人と出会えたなんて、良かったじゃない。隼人とも仲良くしてくれるなら、元妻として嬉しいわ。じゃあね、朗報を待っているわ。そっちは夜だろうけど、いまから私は出勤なのよ』

「ちょっと待て、二つ目と三つ目の質問の答えは？」

『だからいままとめて答えたじゃない。相性がすべてよ。かつての私とかつてのあなたは合わなかった。いまのあなたといまの永輝君がどうなのか、私にはわからないわ。とりあえず、必死になっているあなたに引かないでいてくれるなら大丈夫なんじゃないの？　お幸せに』

ブツッと一方的に通話が切れた。携帯電話を片手に、しばし佐々城は茫然とする。

問題が解決したのかしていないのか、いまいちよくわからない。佐友里の話は参考になるのか？

「相性がすべて……？　それはまあ、そうなんだろうが……」

腑《ふ》に落ちないと呟きながら携帯電話をデスクの充電器に繋ぎ、着たままだったスーツを脱いだ。時計を見たら、五分ていどで済むと永輝に告げていたのに十五分もかかってしまっている。これでは料理が冷めてしまう。隼人にもおやすみを言わなくては。

急いで部屋着に替えて一階に降りると、リビングのソファにいると思っていた隼人の姿がない。キッチンを覗いたら、そこになぜか項垂れている永輝を慰めるようにして背中を撫でている隼人の姿が。

「どうしたんだ？」

「お父さん……」

隼人が困ったような表情で振り返った。ついで永輝ものろのろと振り向く。顔色が悪いように見えた。慌ててキッチンに入り、「具合でも悪いのか？」と永輝に問いかける。

「……ごめんなさい。失敗しちゃいました……」

永輝の視線をたどれば、そこには平たい小型の鍋（？）の中にある親子丼の具らしいものが。だしと醬油《しょうゆ》のいい匂いがしている。とくに焦げてはいないようだが。

「どこが失敗したんだ？」

「卵が半熟の状態で火を止めなきゃいけないのに、完全に火が通っちゃったんです。これじゃあ鶏肉《とり》と玉ねぎが入った卵焼きです……」

「ああ、なるほど。そういうことか。べつに食べられないことはないんだろう？　じゅうぶんだよ。美味しそうだ」

「でも失敗です。ごめんなさい……。ちょっとぼうっとしていたら、火を止めるタイミングを逸しちゃって」

「君が火を使っているときにぼうっとしているなんて、めずらしいね」

永輝はプロの家政夫ではないが、ポイントは心得ている。たとえばキッチンで包丁や火を使うときは、注意を怠らない。万が一、隼人が近くに寄ってきてケガをさせたらいけないし、自分がケガをしたときも雇用主の佐々城に迷惑がかかるからだ。食料の買い出しに行くときも、きっちりとレシートは保管して、ほかの必要経費と混ざらないようにしている。佐々城のワイシャツやスーツのクリーニングも管理はちゃんとしていた。だが隼人と庭で遊ぶときは服が汚れてもうるさく言わないし、散歩に出かけたときの買い食いは楽しいからＯＫと言っている。

そういった線の引き方も、永輝の好ましい面だ。

「それをこの丼のご飯の上に載せればいいのか？」

すでに用意されていた丼を手に取ると、永輝が「食べるんですか？」と弱々しい声で聞いてくる。親子丼が卵焼きになってしまったくらいで落ちこんでいる永輝が可愛かった。

「もちろん、いただくよ。君が作ってくれたものだからね」

佐々城が微笑むと、永輝は眉間に皺を寄せて、どこかが痛いような表情になった。

ダイニングテーブルで遅めの夕食をとっている佐々城に、隼人が「おやすみなさい」と言いに来た。

「お父さん、ニューヨークにいるお母さんとでんわをしていたんですか？」

「ああ、すこしね」

「……げんきでしたか？」

「とても元気そうだったよ。隼人の様子を聞かれたから、元気だと話しておいた」

ふーん……と隼人が俯く。もう一言なにか言った方が良いだろう。

「時差があるし隼人は寝る時間だから今日はもう電話ができないが、こんど隼人からかけてみたらどうだ？　お母さんはきっと喜ぶぞ」

「かけてもいいんですか？」

パッと顔を上げた隼人の目がキラキラしている。やはり母親が恋しいのだ。それも当然だろう。隼人はまだ五歳の幼稚園児だ。大人の都合で寂しい思いをさせてしまっていることに、佐々城の胸がきりりと痛んだ。

「もちろん、かけてもいいよ。お母さんはいつだって隼人と話したいと思っているはずだ」

うん、と頷き、隼人は二階へ上がっていった。

佐々城と永輝の二人だけになる。佐々城は食事を終え、キッチンのシンクに食器を出した。永輝がそれをざっとすすぎ、ビルトインの食器洗浄乾燥機に入れてスイッチを押す。これで永輝の仕事は終わりだ。エプロンを外してたたみ、それをカバンに入れながらさりげなく訊ねてきた。

「……奥さんと、なにを話したんですか？」

君のことだよ、と喉まで出かかった。しかしまだ告白のタイミングではない。

「奥さんじゃない、元奥さんだ。話したのは隼人のことだよ。年度がかわれば年長だからね。そのことでいろいろ……」

「よく電話をするんですか？」

「いや、めったにしない。連絡は主にメールだ。時差があるから、メールの方が便利で」

「そっか、そうですよね」

永輝は笑っていたが、目が笑っていない。やはりどこか具合が悪いのだろうか。

「永輝君、今夜も泊まっていったらどうだ？」

「そんなに頻繁には泊まれません。父に俺との仲を疑われたの、忘れたんですか？」

「私は気にしない。君を夜遅くに帰す方が心配だ」

佐々城はリビングを出て行こうとする永輝の腕を摑んだ。振り向かせて、手をぎゅっと握り、至近距離で見つめる。アピールだ、アピール。

「ぜひ、また泊まっていってくれ。私は大歓迎だ。だれになにを言われても気にしない。客間はいつでも使えるようにしておくから」

「…………ありがとうございます……」

永輝が優しく眼を細めた。口角がかすかに上がって、聖母のような慈悲深い笑顔になる。

（ああ、やはり永輝君はきれいだ……）

うっとりと見惚れているあいだに、握っていた永輝の手がするりと抜けて、風のように去られてしまった。玄関で靴を履いている永輝に追いつき「気をつけて」と声をかける。アピールできたと思うが、どうだっただろうか。

「また明日」

ひらひらと手を振る永輝を、佐々城は門まで出て見送った。


「………俺、なにやってんだろ………」

広々としたバスタブに足を伸ばして首まで湯につかり、永輝はため息をつく。正面の壁にはテレビが埋めこまれていて、ちょうどはじまった午後九時からのニュース番組がうつっている。

風呂場の白いタイルの壁はプロのハウスクリーニングによってぴかぴかに磨かれていて、大きめの鏡にはウロコひとつない。バスタブにはジャグジー機能がついており、これを使うとものすごく気持ちいいことを知っている。もちろん、こんな風呂が三澤家にあるはずもなく、ここは佐々城家だ。

また泊まることになってしまった。月曜日から二晩続けて泊まったあと、佐々城に車で送ってもらって家に帰った。そこで父親が永輝の性的嗜好を暴露してしまい、泊まるのは金輪際ナシだと決めていたにもかかわらず――その週末の土曜日に、またもや泊まらざるを得なくなってしまった。

隼人に可愛くおねだりされると、永輝は断り切れない。どうして二度と泊まらないと永輝が決めたのか、隼人に説明するのは難しいという問題もあった。もう泊まりたくない、と永輝が主張している点について、佐々城は味方にはなってくれないし。

たぶん……というか絶対に、佐々城は自分が恋愛対象にされているとは思っていないのだろう。永輝がバイだと知っても態度が変わらないのを見れば、あきらかだ。まったく望みがない、好みの男のそばにいることほど辛いものはない。自分は修行僧ではないのだ。

でも、結局は土曜日の夜、こうして風呂に入っている。

「俺って、ドMだったのか……」

はははは、と力なく笑う永輝だ。辛いとわかっていても、風呂上がりでパジャマ姿の佐々城とか、寝起きの佐々城とか、気が抜けてぼんやりしている休日の昼下がりの佐々城だとか、いろいろな表情が見られるという誘惑に負けてしまった。

「隼人にねだられて断り切れなかったなんて、ただの言い訳だよ……」

自嘲《じちょう》的に笑う。明日の日曜日、大学の友達と約束があるとでも言えば、隼人は聞き分けがいいからそんなに駄々をこねなかっただろう。

もうひとつため息をつきながらバスタブを出て、ふかふかのバスタオルで体を拭いた。佐々城が買ってくれたボクサーパンツを手に取る。月曜日の夜にはじめて泊まったとき、佐々城が近所のコンビニで買ってきてくれたものだ。オーソドックスな杢《もく》グレーのMサイズ。本当はSサイズだが、そのコンビニには置いてなかったそうだ。だからすこし緩い。昼間はぴったりサイズのデニムを穿くので、多少下着が緩くてもたいして不便はないが、夜は困る。佐々城に借りたパジャマは永輝には大きくて、ズボンのウエストがゆるゆる。これで下着も緩いとなれば、手で押さえていないと下がってくる。すぐに客間に引っこんで寝てしまえば問題はないので、佐々城にはなにも言っていないが。

ボクサーパンツを穿いて、佐々城のパジャマを着る。洗って置いてあったものだから持ち主の体温や残り香なんてないはずなのに、佐々城に包まれたような陶酔感に浸りそうになってしまう。

「ヤベ……勃《た》ちそう」

慌てて変な妄想をしないように首をぶんぶんと横に振った。しっかりしろ、と自分に言い聞かせる。バイだと知っても、こうして変わらずに永輝を友人として扱ってくれるのだ。佐々城の信頼を裏切ってはいけない。

佐々城は別れた妻に電話した。隼人の話をしたと言っていたが、もしかしたら復縁するのかもしれない。離婚に至った訳を詳しく聞いたわけではないが、先代社長が亡くなって佐々城が跡を継いだころに結婚して隼人が生まれている。その後、オーストラリアの真珠養殖場で損害が出た。ちょうどその時期に離婚している。きっと嫌いになって別れたわけではない。佐々城が忙しすぎて、家庭を蔑《ないがし》ろにしてしまったせいだろう。

いまはすこし余裕が出てきたはずだ。一カ月前にくらべると、あきらかに隼人との距離が縮まってきていて、佐々城は父親らしくなったように見える。永輝があいだに入ったからだと感謝されたのは嬉しいが、そのせいで元妻のことを考える余裕ができたなら複雑だ。

「まあでも、隼人に母親は必要だろうし、仕方がないよな……」

隼人はなにも言わないが、母親が恋しくないはずがない。まだ五歳なのだ。きっと元妻も息子が心配だろう。そばにいて見守ってあげたいと思っているだろうから、復縁するのが一番だ。

「俺は友人、俺は友人、俺は友人」

念仏のように唱えながらドライヤーで髪を乾かした。ウエストが緩いズボンをさりげなく手で押さえながら、永輝はスリッパをぱたぱたさせてリビングへ行った。ソファに佐々城と隼人が並んで座ってテレビを見ている。

「お風呂、お先にいただきました」

家主の佐々城より先に入ってしまったので声をかける。隼人がニコニコと笑いながら自分の隣を手で叩いた。座れと促されて永輝が歩み寄ると、ちらりと視線を向けた佐々城が立ち上がった。そのままソファをぐるりと回ってキッチンへと歩いていく。ん？　と不審に思うくらい佐々城が遠回りして歩いたような気がした。つまり、永輝を避けて。

（……気のせいだよな……）

たまたまだろう、と永輝は隼人の隣に座る。

「隼人、そろそろ寝る時間じゃないのか？」

「もうちょっとだけ。これが終わったら歯みがきします」

最近、すこしだけわがままを言うようになった。心を許して甘えてくれている証拠だから、永輝も多少は許すようにしている。明日は日曜日だから、就寝時間を守らせようときつく目くじらを立てるほどのことでもない。

「永輝君、コーヒーでも飲むか？」

「あ、俺がやります」

キッチンに行った佐々城はコーヒーを淹れようとしているらしい。コーヒー豆とフィルターの置き場所は知っているだろうが、ほとんど自分で淹れたことはないはず。永輝は初日で佐々城の好みを把握し、以来ずっとおなじように淹れている。佐々城が自分で好みの味にできるのか気になって、永輝はキッチンへ行った。

「佐々城さん、そのマグカップに二杯分ならこのスプーンに摺《す》り切り三杯くらいが適当だと――」

ペーパーフィルターに盛ったコーヒーの量が少なかったので横から手を出した。とたん、佐々城の手がビクッと震えてスプーンが落ちる。コーヒーが床に散らばった。

永輝は落ちたコーヒーを唖然と見下ろす。いまのはなんだったんだろう。なんだか……佐々城が永輝の手に驚いてスプーンを落としたように感じた。気のせいだろうか。

「すまない、こぼしてしまった」

佐々城が困ったような声音で台拭きを手に取る。それで床を拭こうとしたので、永輝が止めた。

「ちょっ、それは台拭きで――」

雑巾を使ってくれと言おうとしたが、またもや永輝の手に反応して佐々城が大げさにのけ反ったので言葉を飲みこんだ。佐々城は中腰で体を引いたので、キッチンの床に尻もちをついている。永輝を見つめる目に困惑のようなものがあった。

（………マジかよ………）

信じられない気持ちで佐々城を見た。公平で心が広い男だと、さすがSaSaKiの社長だと見直していたのに、やはり永輝の性的嗜好を気にしないと言ったのは口先だけだったのか。

（こんなふうに、あからさまに避けるくらい俺のことが気色悪いなら、泊めなきゃいいのに）

父親の暴露から今日までの三日間、佐々城はいままで通りの態度だった。いや、いままでよりも距離を縮めるくらい接近してきていた。永輝は大切な友人だと言った手前、気を遣ってくれているのかなと感じ、佐々城のすこし残酷な優しさに複雑な気持ちになるくらいだった。

佐々城が友達付き合いを望むなら、春休みが終わってからもたまに会いに来るくらいはしようと思っていたが――。

（なんだよ、結局はそういう態度なんだ）

春休み終了を待たずに、昨日、三月分のバイト代を渡された。いきなり現金で渡されて驚いたが断る理由もなかったので受け取り、帰り道のコンビニのATMで自分の銀行口座に入れた。四月に入ってからの一週間分はまた別に渡す、経理上の都合だと言われて「そういうものか」と深く考えなかったのだが、もしかしてあれはいつでも辞めてもらえるようにという処置だったのかもしれない。

悲しみと悔しさが、ぐっと喉の奥からこみ上げてくる。佐々城を睨みつけたが、目頭が熱くなってきて目が潤みそうになったので顔を背けた。

「……ここは俺が片付けますから、佐々城さんは向こうに行っててください」

「いや、私がこぼしたんだし」

「俺がやるって言ってんです。邪魔だから向こうに行っててくださいっ」

口調がきつくなった。佐々城がびっくりしたように動きを止めたが、構っていられない。自分の中の荒れ狂う感情で手一杯だった。

永輝が雑巾を出してコーヒーを拭きはじめると、佐々城は黙って立ち上がりキッチンから出て行く。床をきれいにしてから、永輝は深呼吸をして気持ちをなんとか宥《なだ》めた。あらためてコーヒーを淹れる。佐々城の分だけ。

時計を見ると、まだ午後十時前だ。もっと遅くなって電車とバスがなくなる前に帰ろうと決める。リビングにマグカップを持っていき、佐々城の前に置いた。

「あれ、君の分は？」

「俺はいりません」

おとなしくソファに座っている隼人の前に膝をついて目線を合わせ、永輝は「歯磨きしようか」と声をかけた。

「それが終わったら、俺は帰るよ」

できるだけさらりと告げたつもりだったが、佐々城と隼人が同時に「えっ？」と立ち上がった。

「どうして？　永輝さん、今日はとまってくれるって言ったのに」

「うん、言ったけど、急用を思い出しちゃって。ごめんね」

本当に申し訳なくて、永輝はこのちいさな友人に頭を下げた。隼人が助けを求めるように佐々城を見上げる。頼りになるはずの父親は、五歳児よりも動揺しているようだった。完全に視線が泳いでいる。自分がマズい態度を取ってしまった自覚があるのだろう。だがここで佐々城のフォローができるほど永輝は大人ではなかった。

「さあ、隼人、洗面所に行こう」

「うん……」

しょんぼりしてしまった隼人がかわいそうだったが、永輝はすぐにでも帰りたくてたまらなくなっている。手早く隼人の歯磨きを済ますと、客間でパジャマを脱いだ。服を着て春物のコートを手に一階に降りると、佐々城と隼人が揃って沈鬱な表情で待っている。

「……また、月曜日に来るよ」

「明日は来てくれないの？」

隼人の悲しそうな顔を直視できなくて、永輝は俯きながら靴を履いた。明日の日曜日、三人でまた連れだって公園に行こうという話をしていた。ほとんど恒例になっているが、もう永輝には無理だ。

「たまにはお父さんと二人きりで行きなよ。ここのところずっと俺が入っちゃってただろ。俺がいない方が話せることもあるんじゃないのか？　おやすみ」

隼人の髪をくしゃっと撫でてから、玄関を出た。門までの数メートルを速足で行く。背後で玄関ドアが開く音がして、「永輝君」と佐々城の声がしたが、構わずにアイアン製の門を開けた。

「待ってくれ、永輝君」

追いついてきた佐々城が永輝の肩をぐっと掴んで振り向かせようとした。かなり力が入っている佐々城の手が痛くて、やむなく振り返る。目が合うと、佐々城はサッと手を引っこめた。さらにその手を背後に回すようにされては、ムッとした顔を隠すことなんてできない。

街灯の明かりで門扉付近は明るかった。おたがいの表情がよく見える。永輝が気分を害したことを隠さないでいると、佐々城が焦ったように「永輝君」とまた名前を呼んだ。

そのつぎになにを言うかと待ってみたが、佐々城は口をぱくぱくとさせるだけで声を出さない。いったいなんのために追いかけてきたのか。

「佐々城さん、俺、言いましたよね。俺はいつでも辞めるつもりだからって。俺のことが気色悪いなら、ちゃんとそう言ってください。バイ菌みたいに扱われて、俺が平気だと思ってんですか？」

「バイ菌なんて、そんなこと思うわけがない」

「ああそうですね、大企業の社長としては、セクシャリティで差別なんかできないですもんね。公平に平等にでないと失格ですよね。でもそれって、ただのキレイごとじゃないですか。佐々城さん、それ実践できてないですよ。俺をあからさまに避けて、近づかないようにして、触らないようにして、自分を守ってますよね。あのさ、うつらないから大丈夫です。男が好きっていうのは病気じゃないから、うつらないんです。触っても大丈夫。知りませんでした？」

泣きそうになりながら、永輝は佐々城を嘲笑《あざわら》ってやった。茫然としている佐々城を睨みあげる。

「明後日《あさって》の月曜日、俺に来てほしくないんだったら、日曜の夜のうちにメールしてください。あんたたち家族の前には顔を出さないようにします。二度と、不愉快な思いはさせませんから」

じゃあね、と永輝は踵を返した。駅に向かって速足で歩く。佐々城はもう追ってこなかった。良かった。これで泣き顔は見られずに済む――。

道路脇の街灯や信号機の光が、涙の膜で滲んだ。俯くと、だらだらと頬を伝っていくしずくがある。もう我慢できなかった。一人で夜道を歩きながら、永輝は泣くことを自分に許した。失恋では泣かなかったが、さすがに汚いもの扱いは辛い。

明日、予定通りに公園に行ったとしても、佐々城はたぶん永輝と手を繋ごうとはしないだろう。もう無理だ。隼人は寂しそうにしていたが、これはどうしようもない。生理的な嫌悪感というものは、理性では制御しきれないことがあるのだ。

「……はは……嫌われた………」

ぐすっと洟《はな》をすする。こんなに泣いたのはひさしぶりだ。泣きながら歩くと苦しいんだと知った。鼻が詰まるからだろうか。

永輝は立ち止まり、電信柱にもたれて息を整えようとした。だが涙がつぎからつぎへと溢れてきて、

立っていられなくなる。その場にうずくまり、永輝はちいさく丸くなった。土曜日、午後十時の住宅街だ。あまり人通りはない。永輝に声をかけてくるお節介な人は現れなかった。おかげで、心置きなく泣くことができた。

もう一度、佐々城と隼人と三人で手を繋いで公園に行きたかった——。

永輝は大それた野望なんて抱いたことはない。そんなささやかな幸せしか望んでいなかったのに、もう叶わないのだ。

涙が枯れ果てるのには、まだしばらく時間がかかりそうだった。

日曜日の昼下がり、佐々城はなにをするでもなくボーッとつけっぱなしのテレビを眺めていた。休日の昼間なんて、競馬かゴルフの中継しか放送していない。まったく興味がない番組に目を向けてはいたが、佐々城の頭にはなにひとつ情報が入ってこなかった。

頭の中は永輝のことでいっぱいだ。昨夜、怒らせてしまった。泊まる予定になっていたのに、帰ってしまった。佐々城のせいだ。

(……泣きそうな顔をしていた……)

あんな悲しそうな顔をさせたのが自分だと思うと、絶望の谷に落っこちて二度と這《は》い上がれなくなってしまえと呪いたくなる。愚かだった。永輝を意識するあまり挙動不審になってしまっていた。

(だって永輝君、風呂上がりのほかほか加減が凶悪なほど色っぽくて……)

直視できなかった。近くに寄ればほのかにシャンプーの香りがして、抱きしめたくなった。おまけに貸したパジャマが大きいようで、ズボンが落ちないように片手で押さえているのがもう、もう——あやうく息子の前で押し倒しそうになるところだった。

永輝への恋心を自覚してからは、自分なりにアピールしながら接していた。とくに変な態度ではなかったはずだ。だから隼人が永輝に泊まってほしいとおねだりしたときも賛成した。たとえ一つ屋根の下で好きな人が寝起きをしても、平常心を保てる自信があったから。

ところが、風呂上がりの永輝を見たとたんに、その自信は粉々に砕けた。心臓はばっくんばっくんと激しく踊り出すし、ずっと性欲なんて忘れていた股間が急に目覚めるしで、プチパニックに陥った。まだ告白していなかったから、こんな状態であるのを知られるわけにはいかない。なんとか隠さなければと焦ったせいで、永輝には真逆の解釈をされてしまった。

(嫌いになんかなるわけがないだろう。こんなに好きなのに)

はぁ……と、口からこぼれるのはため息ばかりだ。

ローテーブルに置いた携帯電話をちらりと見る。昨夜から何度も永輝に電話をかけているが、応答してくれない。メールを送ってみても返事はない。昨夜のことは誤解だと、きちんと話がしたいとメッセージを残しても、なんのリアクションもないのは辛い。

(いっそのこと三澤家までまた行くか？　藍さんに永輝君が自宅にいるかどうか確かめて、いるなら直接捕まえに行った方が早い。いなかったら、藍さんに伝言を残そうか。いくら私のことを無視したくても、藍さんから言われたら私に連絡せざるを得ないだろう）

よし行こう、とソファを立ち上がりかけたが、ダイニングテーブルで勉強している隼人の背中が視界に入った。できるなら隼人を連れていきたくない。永輝の誤解を解く過程で、もしかしたら告白するかもしれない。いくらなんでも隼人の前でするのはマズいだろう。

かといって隼人を一人で留守番させるのはいけない。しっかりしているといっても、まだ五歳だ。三澤家までは車で片道一時間くらいはかかるから、往復して永輝と話をしていたら、三時間くらいは必要だろう。

（でも明日は月曜日だ。仕事がある）

明日、浅野に頼んで早退させてもらおうか。いやいや、今日中に済ませれば仕事に支障はない。いやいやいや、待てよ、話し合えたとしてもわかってもらえなかったら結局は明日に響く。こんな心理状態でしっかり仕事と向き合えるだろうか。

ソファに沈んでぐるぐると悩んでいると、門のインターホンが鳴った。リビングの壁についているモニターを見ると、妹の和美だった。たまに来ることがあるが、事前に電話が入ることが多い。突然の来訪に軽く驚きながら、「だれか来たの？」という隼人の問いに「和美だ」と答えた。

「和美おばちゃん？」

隼人が表情を明るくした。昨夜、永輝が帰ってしまったときから沈んでいたが、自分を可愛がってくれている叔母が来たと聞いて気持ちが浮上したらしい。だが逆に佐々城は嫌な予感がした。

とはいえ、居留守を使うわけにもいかないので、佐々城は玄関から出て門を開けに行った。

「遅いー。早く開けてよ」

ボブカットの髪を揺らしながら文句を言っている和美は、手に洋菓子店の袋を持っていた。それとは別にトートバッグを肩から下げている。あの中に例のものが入っているのでは……と疑った。

「隼人ーっ、ひさしぶりーっ」

和美が来ただけでリビングがにぎやかになった。洋菓子店の袋からケーキの箱を出し、隼人に中を見せている。ちょうど三時だったのでティータイムとなった。和美がキッチンで湯を沸かし、お茶を淹れてくれる。ダイニングテーブルを三人で囲み、和やかな時間が過ぎた。

和美は隼人にお土産《みやげ》として動物のドキュメンタリー映画のＤＶＤを持ってきていた。隼人は年相応の子供番組はあまり視聴しないが、国営放送の大自然系ドキュメンタリーは好んで観ている。和美はそれをよく知っていた。どうやら佐々城が知らないあいだに時々電話で話しているらしい。

「和美おばさん、ありがとう。これ、観てもいい？」

嬉しそうな隼人に、佐々城はホッとした。ひとときでも永輝の不在を忘れられるものができて良かった。さっそくリビングへ行ってデッキにＤＶＤをセットしている隼人を横目で見ながら、大人二人は引き続きティータイムだ。たぶん和美は佐々城に話があって来ている。

「兄さん、これ」

トートバッグから和美が出したのは、予想通り、見合い写真だった。佐々城は写真を見る気になれなくて視線を逸らす。案の定、和美は不機嫌そうに唇を尖《とが》らせた。

「なによそのヤル気のなさ。いやぁね、一回くらい見合いがダメになったからって。婚活っていうのは気長にやっていくものなのよ」

「私はもう見合いはしない」

「あらどうして？　一カ月前には乗り気だったじゃない。もしかして三澤藍さんに振られたことがトラウマになっちゃったとか？」

「振られていない。あれは話し合いの末になかったことにしようと決めただけだ」

「だったら、ほら、つぎに行こうよ、つぎに」

和美が見合い写真を佐々城の眼前に広げてくる。派手な柄の振り袖を着た女性がアンティーク調の椅子に座り、艶然と微笑んでいた。

「こんどの人はね、二十八歳の銀行員。なんと私の大学の同期の妹さんよ。美術系の姉を持ちながらも、この妹さんはお堅くって銀行に就職したんだって。お金にきっちりしていそうで頼もしいじゃない。兄さんの事情はぜんぶわかってるから、大丈夫よ。会ってみましょうよ」

つりがきまで広げられて、佐々城は仕方なく文字を目で追った。生年月日、学歴、職歴、趣味と特技などが書かれている。まったく興味をそそられなかった。それどころか、化粧気のない永輝の微笑みが懐かしくなる始末だ。

永輝の方が清楚で明るくて潑剌《はつらつ》としていて、佐々城の好みだった。いまごろどうしているだろうと思うと、胸が苦しい。誤解されたままなのが、とても嫌だった。

「和美、私はもう本当に見合いをしたくないんだ。婚活はやめる。申し訳ないが、これは返してくれ」

佐々城は写真とつりがきを和美の方へと押しやった。

「あら、本当にヤル気がなくなっちゃったの？　どうしたのよ。なにかあった？」

「……浅野から聞いていないようだな」

「浅野さん？　浅野さんになにか関係があるの？」

「いや、関係ない。ただ私のこの心境の変化を浅野は知っている。というか、私が相談した」

佐々城はリビングでテレビにくぎ付けになっている隼人をちらりと見た。ＤＶＤに夢中でこちらの話は聞いていないようだ。佐々城は声を抑えて囁《ささや》くように告げた。

「じつは好きな人ができた」

「ええーっ！」

和美がびっくりして大声を出したので、佐々城もびっくりした。隼人もびっくりしてこちらを振り向く。佐々城は慌てて和美に「声が大きい」と叱った。隼人に「なんでもないから」と気にしないように言うと、ちいさく頷いてテレビに向き直る。

「マジで？　それ、マジな話？」

「本当だ」

「ちょっ、ちょっとそれ、相手はだれよ。あたしの知っている人？　会社の人？　一カ月前まではそんなこと言ってなかったよね。隠してたの？　それともこの一カ月のあいだに好きな人ができたってこと？」

和美が怖いくらいの笑顔でぐいぐいと質問をしてくる。興味津々だ。それはそうだろう、佐々城の口からこんな話が出たのははじめてなのだ。

「隠していない。この一カ月の出来事だ。だからもう見合いはしない」

「ああ、まあ、そうね、好きな人がいるのに見合いするのって、おかしいわよね。わかった、婚活はいったん中止の方向で」

和美は写真とつりがきをトートバッグにさっさとしまった。こうと決めたら切り替えが早いのは佐々城家の特徴かもしれない。

「それで、相手の方はどういう……？　もうお付き合いしてるの？　結婚できそう？」

「付き合いは、まだだ。というか、結婚はできない」

「えっ、どうして？　まさか不倫？　相手は既婚者とか？　やめてよね、そういう危険な物件は。付き合いがまだならこのまま引き下がってちょうだい。なんだ、兄さん初の恋バナにどきどきしちゃったじゃない。あたしのトキメキを返してよ」

ぶつぶつと言いながら、和美はいったんはトートバッグにしまった写真とつりがきをふたたびテーブルに出した。

「結婚できない人に不毛な恋をしても無駄よ。とっとと見合いをして吹っ切ってちょうだい。ほら、真剣につりがきを読んで、写真を見て」

「だから私はもう見合いはしないと言った。たとえ結婚できなくても、そんなことは関係ない」

「関係なくないわよ。隼人の母親。隼人の母親になってくれる人を探すってことで婚活をはじめたんじゃない。どうすんのよ、隼人の母親。このままずーっと男二人で暮らしていくつもり？　あたしだってそう頻繁には来られないんだからね。これからもっと来られなくなると思う。あたし、先週から青山《あおやま》君といっしょに暮らしているの」

「いっしょに？　同棲しているということか？」

青山というのは和美の恋人でSaSakiの社員だ。一年くらい前から付き合っているのは知っていた。たった一人の妹ではあるが、和美は三十一歳。もういい年の大人なので口出ししないようにしていたが、気にはしていた。

「同棲するくらいなら結婚しろ」

「近いうちにするつもり。時期は母さんや青山君と相談しているところ。青山君のアパートが三月で更新だったの。年明けくらいから青山君とは真剣に話し合ってて、とりあえずいっしょに暮して、夏までには籍を入れて式を挙げようかってことになってる。こんな、勢いでの報告になってごめんなさい。兄さんは忙しいだろうからって、後回しになっちゃった」

「いや、それはいい。そうか……結婚か……」

ついに妹が結婚。父親が亡くなっているので、兄である佐々城が父親代わりの役を務めることになるのか——と、ちょっとばかりしみじみする。

「だから、三月はバタバタしていて来られなかった。これからは、今までのようにこの家にちょくちょく来ては隼人と遊んであげるってことができなくなると思う。あたし、もう三十過ぎてるから早く子供を作るつもりだし」

和美が隼人に母親を、と焦っていたのは、そういう事情もあったのかと腑に落ちた。すこし考えればわかりそうなことなのに、佐々城は妹に甘えていた。和美は叔母としてずっと変わらず隼人に会いに来ては可愛がってくれると思いこんでいた。結婚すれば自分の家庭が第一で、頻繁に甥に会いに来るなんてできなくなるのは当然だ。

「兄さんが恋愛に積極的な性格じゃないことは重々承知しているのよ。それでも妻がいた方が良いと思う。熱烈な恋愛の結果の結婚じゃなくても、うまくやっている夫婦は世間にいくらでもいるわ。隼人に母親が必要っていうだけじゃなく、兄さんは放っておくと仕事一筋のまま人生終わっちゃいそうだから、良い人を見つけて結婚してほしい。こちらの事情を理解して、おたがいを尊重し合いながら、長く寄り添っていける人が必要だと思う。いま好きな人がいるみたいだけど、結婚できないならやめておいた方がいいんじゃない？」

結婚できないのは相手が男性だからだ、と佐々城は喉まで出かかった。だがいまここでカミングアウトするのは得策ではない。和美は「結婚」にこだわっている。もし、運良く永輝と恋人になれて末永くいっしょにいてくれると約束してくれたとしても、たぶん歓迎してくれないだろう。

「これ、置いていくから、よく考えてちょうだい」

和美は見合い写真とつりがきをテーブルに置いたまま立ち上がった。持って帰ってくれと言おうとしたが、隼人が駆け寄ってきて「もう帰るの？」と和美に話しかけているせいで声をかけるタイミングを逸した。

「じゃあ、また連絡するわ。近いうちに青山君のご両親との顔合わせをするから、出席するつもりでいてよ」

「わかった」

和美は笑顔で帰っていった。玄関で見送った佐々城は、自分もいい加減、腹を括らないといけないと思う。妹はとうとう将来を決めた。兄である自分はなにをぐずぐずしているのか。ここは男らしくきっぱりはっきり告白して、永輝に愛を乞うのだ。

まずは明日の朝、いつも通りに来てほしいとメールを送ろう。そして、佐々城の帰宅後にゆっくりと話をする時間を作ってもらいたいと伝えよう。

ひそかに決意した佐々城を、隼人が心配そうに見ていることなど、鈍い父親はまったく気づいていなかった。

「ただいま」

帰宅した佐々城を、永輝はできるだけなんでもないように、隼人といっしょに玄関で出迎えた。

「お父さん、おかえりなさい」

「おかえりなさい」

冷静にと自分に言い聞かせて、佐々城の顔を見る。下手に視線を逸らしたりしたら負けのような気がして、強張《こわば》りそうな頬の筋肉を意識的に緩める努力をした。

「永輝君、隼人が寝たあと、話をしよう」

「俺は帰ります」

「えっ……」

「どうせ弁解でしょう。聞きたくありません」

茫然としている佐々城を置いて、永輝は隼人に「歯磨きしようか」と洗面所へと促す。

昨夜、佐々城からメールが届いた。月曜日の朝、いつも通りに家まで来てほしいということと、土曜日の夜のことについて話がしたいので、すこし時間を作ってほしいという内容だった。

家政婦代行として隼人のために佐々城家へ行くことについては異論はない。竹中の復帰は永輝の春休みが終わるときだと決まっているから、あと数日ある。自宅療養中だという竹中はもう元気だそうだが、いきなり明日から来てくれと言われても来られるかどうかわからないだろう。佐々城が来てほしいと言うなら、責任を持って家事と隼人の面倒を見るつもりだった。

だが土曜の夜について話をする気はない。どうせ佐々城の言い訳オンパレードになるだけだ。

永輝を避けたわけじゃないだとか、嫌悪感はないだとか。大企業の社長としてあってはならない態度だったから、弁解をしたい気持ちはわかる。けれどそれを永輝が延々と聞く義理はないと思うのだ。

おまけに、永輝は新しい見合い写真とつりがきを見つけてしまった。べつに家探しをしたわけではない。テレビが置かれたキャビネットの上に、無造作に置かれていたのだ。どこからどう見ても見合い写真とつりがきで、隼人に訊ねたら日曜日に佐々城の妹が来て婚活について話をし、置いていったというのだ。

姉の藍との見合いのあと、佐々城の婚活はまるで進んでいないようだったが、単なる小休止だったらしい。慣れ親しんだ家政婦が療養に入り、永輝が代わりに来ることになったせいで、すこしバタバタしたからだろう。婚活の再開を知り、永輝はとどめを刺された気分になった。

隼人は可愛いけれど、佐々城とはもう会いたくない。佐々城がどう弁解しようと関係ない。好きになった人が嬉々《きき》として婚活している様子を見守るなんてこと、永輝にはできそうになかった。

隼人の歯磨きを済ませて洗面所を出ると、廊下に佐々城がいた。スーツを着たまま、不機嫌さを隠そうともせず、仁王立ちしている。

「ほら、隼人、おやすみの挨拶」

「おやすみなさい、お父さん」

「……おやすみ」

にこりともしない佐々城にイラッとする。五歳の息子にまったく気を遣わない父親なんてクソくらえと怒鳴りたくなってしまう。かといって隼人のために佐々城のご機嫌を取る言動ができない自分にも苛立《いらだ》った。

隼人が階段を上がっていくのを見送ってから、さて……と佐々城に向き直る。

「帰るから、そこをどいてくれませんか？」

「話をするまで帰さない」

頑《かたく》なになっている佐々城に、この場は折れるしかないかもしれない、と感じる。二階にいる隼人に廊下で言い争っているのを聞かせたくなかった。

「じゃあ、五分だけ」

「足らない。十分はほしい」

呆れたため息をつきながら、佐々城とともにリビングへ行く。食事の支度がしてあるダイニングテーブルには見向きもせず、佐々城はソファに座った。永輝は正面を避けて斜め前に座る。

「まず、不愉快な思いをさせてしまったことを謝らせてくれ」

佐々城はいさぎよく頭を下げた。

「だが私は君をバイ菌扱いしたつもりはない。あれは、その、避けたわけではなかった」

「だったらなんだったんですか。あんなにあからさまなことをしておいて、避けたわけじゃないって、たったいま謝ったのに、前言撤回するつもりですか？」

なにを言われても「あーはいはい」とスルーしようと思っていたのに、若さゆえか、それとも本気で傷ついたせいか、カッと頭に血が上った。

「だから、避けた……つもりはない。これは本心だ。反射的に手を引いたり、体を引いたりしたのは認める。だがあれは、君を避けてそうなってしまったわけでは……」

「反射的に避けたんなら、完全に俺のことを気色悪いって思ったってことでしょう。どうせ俺はバイ菌ですよ。悪かったですね、バイで！」

もう聞いていられないと、永輝は立ち上がった。佐々城が焦ったように、廊下に出るドアとのあいだに両手を広げて「待て、待ってくれ」と立ちはだかった。

「すまない、私の言い方が悪かった。えー……と、その、あの……」

心底困っているらしい佐々城に、永輝は泣きたくなった。この人に悪気はないのだ。差別はしたくない、という崇高な理想を掲げていて、それに沿った人生を歩みたいと思っているのは本当だろう。

しょせん、ノンケに理解してはしいなんて望みは、叶わないものなのだ。

「もういいです。佐々城さんが俺に酷いことをしたって反省しているのはわかりましたから、もう帰らせてください。それで明日もとりあえず来ますけど、明後日からはもう隼人の幼稚園がはじまるし、俺、お役御免にしてくれませんか。竹中さんに連絡してもらって、俺はもう終わりにしたいです。本来なら俺の大学がはじまるまでってことだったから、今週中は来るつもりだったんですけど……ごめんなさい、本当に」

「……君は、そんなに私のことが許せないのか……」

「許す許さないって問題じゃないです。俺の我慢が足らないだけ。それで、これからもときどき遊びに来るっていう話も、ナシにしてください」

「二度と隼人と私に会わないつもりか？」

佐々城が顔色を失くしたのを見て胸を痛めながら「そんな大げさな」と永輝は笑った。

「佐々城さんの結婚が決まったら、お祝いさせてください。知らせてくれたら駆けつけるって約束します。隼人の母親になる人がどんな女性が見てみたいし。でもきっと、佐々城さんが選ぶ人なんだから、素敵な女性なんでしょうけど」

われながら自虐的だと、永輝は顔で笑って心で泣いた。

「結婚？　なんのことだ。私は結婚なんて……」

「見合い写真とつりがき、あんなところに置いておいたらダメですよ。大切なものなんだから、きちんとしまっておかないと」

永輝が指さした方向を振り返り、佐々城は「あっ……」と声を上げた。

「いや、あれは、和美が勝手に置いていったんだ。和美というのは私の妹だが、その、今年中に結婚することが決まったらしくて、私にも結婚しろとすごく勧めてきて……」

「それは、妹としては心配だからでしょうね。兄が幼稚園児を抱えて一人でいるっていうのは。結婚してくれたらみんなが安心しますよ」

「私は結婚する気はない」

「どうして？　結婚するつもりで俺の姉と見合いしたんですよね？」

「あのときはそうだったが、いまは違う。私はいま、その、熱烈な恋をしていて、ほかの人とどうこうなど、考えられないんだ」

「えっ……」

空耳かと思った。聞き間違いかと。けれど目の前にいる佐々城は真剣な表情で永輝を見つめてくる。口から出まかせ、嘘ではないらしい。佐々城はいま恋をしていると言った——。

サーッと頭から血の気が引いていった。手足が冷たくなってくる。あまりのショックに貧血を起こしかけていた。

「へぇ、好きな人がいるんですか。良かったですね……。だれか知らないけど、うまくいくといいですね」

いったい何度とどめを刺されればいいのか。永輝はくらくらしながら絶望ってこういう感じなのかなと、思ってもいない応援する言葉を口にしていた。

「お幸せに」

「永輝君、なにを言っているんだ、私は、君と会えなくなったら幸せになどなれない」

がしっと腕を掴まれて、ぐらぐらと揺さぶられた。おかげで遠のきかけていた意識がふっと戻ってくる。いま佐々城がなんと言ったか、聞こえていなかった。

「永輝君？　聞いているか？」

「あ、えっ？　なに？」

目を瞬《またた》かせながら佐々城を見上げた、そのとき——。

玄関ドアがバタンと閉まった音が聞こえた。二人ともほぼ同時に廊下へ出るドアを見遣る。先に動いたのは永輝だった。弾《はじ》かれたように廊下へ出て玄関ドアを見た。鍵が開いている。佐々城が帰ってきたとき、鍵を締めたのを見たから、だれかが開けたのだ。

「インターホンは鳴っていないですよね？　だれか来ました？」

続いてリビングから出てきた佐々城に確認する。

「鳴っていない。合鍵を持っているのは浅野と母だが、連絡もなくこんな時間に来たことはない。だれかが鍵を開けて出て……」

「隼人？」

永輝はパッと身を翻すと廊下を駆け抜けて階段を二段飛ばしで上がった。隼人の部屋に行き、ノックもせずにドアを開ける。ベッドは乱れておらず、だれもいなかった。

「隼人？　隼人！」

名前を呼びながら二階のトイレを確認する。佐々城の書斎にも、客間にもいなかった。ではやはり玄関を開けたのは隼人だ。もう午後九時を過ぎている。青くなりながら永輝は階段を駆け下りた。

「佐々城さん、隼人がいません！」

「探しに行く」

佐々城はすでに靴を履いていた。

「俺も行きます」

靴を履こうとした永輝を、佐々城が止めた。

「隼人が戻ってきたり、あるいは保護したという連絡がどこかから入る可能性がある。君は家で待機していてくれ。私は近所をぐるっと回って、見つからないようなら警察に届ける」

「わ、わかりました」

警察、保護、という単語に、永輝は震えながら頷いた。

「大丈夫だ、出て行ったのがついさっきなら、そう遠くへは行っていない」

「でも、隼人はこの家の息子でしょ。営利誘拐の可能性だってあるわけだし、もし外で名乗ったら、バカな奴らが……」

「とにかく、君はここで待っていてくれ。なにかあったら私の携帯に電話を」

佐々城はスーツのポケットに携帯電話だけを入れて外へ飛び出していった。見送った永輝は、真っ暗な夜空からポツポツと冷たい雨が落ちてきていることに気づき、動揺を抑えきれない。

まさかパジャマだけで外に出たのだろうか。もう四月になったとはいえ、夜はまだ冷えるし雨が降ってきている。心配で心配でたまらなかった。

隼人がこんな行動に出たのは、きっと永輝と佐々城の言い争いを聞いてしまったからだ。自分を完全な除《の》け者にして、険悪な空気と言葉をぶつけ合う永輝と佐々城を、どう思っただろう。いたたまれなくなって衝動的に飛び出したのだとしたら、かわいそうなことをした。

三歳で母親と別れ、ただでさえ孤独だった隼人だ。精一杯、良い子にしていた。そんな隼人が可愛くて、永輝なりに愛してあげた一カ月だった。懐くだけ懐かせて、永輝は隼人を突き放そうとしている。心を許していた永輝が一方的に家政婦代行を辞めると宣言して、もう二度と会わないという話をしたわけだ。隼人はどれほどショックを受けただろう。

「隼人にもしものことがあったら、俺のせいだ……！」

永輝は涙目になりながらリビングと玄関のあいだを行ったり来たりした。悪い想像をしてはいけない、したくないのに、隼人がだれかに連れ去られるシーンとか、暗い穴に落ちて身動きできないシーンとか、いろいろと思い描いてしまい頭がおかしくなりそうになる。

玄関のシューズボックスの上に置かれた時計を見ると、佐々城が出て行ってからまだ五分しかたっていなかった。こんなに長く感じた五分は生まれてはじめてかもしれない。シューズボックスにもたれて、永輝はため息をついた。置き時計の秒針をじっと見つめる。

心の中で、ひたすら隼人の無事を祈った。

「神様、隼人を助けて。隼人、早く帰っておいで。いくらでも謝るから、なんでもするから、帰ってきて……」

ふと、置き時計の奥にあるキーボックスに目が行った。木製で、扉がガラスになっている。ガラスには装飾文字が描かれているから中がはっきりとは見えないが、いつもより鍵がすくないように感じた。永輝はそっと扉を開ける。いつもこの中のフックにぶら下がっているのは、玄関の鍵が二種類と、裏口の鍵、佐々城の実家の鍵、そして車のキーだ。

「…………車のキーがない……」

佐々城は徒歩で探しに行ったはず。永輝はスニーカーに足を引っかけて玄関を飛び出した。しとしとと降る雨にも構わず、ガレージへと駆けて行く。ガレージには佐々城の車があった。

「隼人！」

後部座席で膝を抱えて丸くなっている隼人を発見した。

「こんなところでなにやってんだよ、隼人！」

ドアを開けた永輝を見上げて、隼人が顔をくしゃっと歪《ゆが》める。ぽろりと涙がこぼれたのを見て、永輝は攫《さら》うように抱き上げた。

「永輝さん……ごめんなさい……」

ひっく、としゃくり上げるちいさな背中を、永輝は擦《さす》った。隼人はパジャマ姿だった。冷え切っている。慌ててガレージを出て、玄関へと引き返す。リビングのソファに座らせると、急いで毛布を運んで隼人をくるんだ。電子レンジで牛乳を温めているあいだに、佐々城の携帯電話へ連絡を入れる。

隼人がガレージにいたと報告すると、すぐ帰ると言って通話が切れた。

温まった牛乳にハチミツを垂らし、隼人に飲ませた。明るいところで見ると、隼人の顔色は青白く、泣いたせいか目は真っ赤だ。胸が痛んだ。

「隼人、ごめん、ごめんね。俺のせいだ。寒かっただろ」

「……永輝さん、もう来てくれなくなるの……？　いやだよ、ぼく、また永輝さんとあそびたいよ、たくさんおはなしもしたいし、お父さんとケンカしないでほしい……」

「隼人……」

「ぼく、ケンカはいやだ。お父さんとお母さんはケンカして、それで、お母さんは出て行っちゃった。永輝さんもお母さんみたいにお父さんとケンカして、いなくなっちゃうの？　いやだよ……」

牛乳が入ったマグカップを抱えたまま、うっうっと嗚咽《おえつ》を漏らしはじめた隼人を、永輝は優しく抱きしめた。両親の離婚によって傷ついた隼人を、永輝はまた傷つけてしまったのだ。

「ごめん、俺の浅い考えで、隼人に辛い思いをさせちゃったね。また来るよ。いつでも、隼人が会いたいって言ってくれたら、いつでも来るから、泣かないで。俺は隼人が大好きだから」

「め、めいわく、かけたのに？」

黙って外に出たことを言っているのだろうが、永輝は隼人を責める気はまったくなかった。

「そうだね、一言、言ってほしかったな……っていうのはあるけど、すぐ近くにいたから早く見つけられた。遠くに行かなかったのは偉いな。俺と佐々城さんが言い争っているのを聞いていたくなかったから外に出たんだろう？　悪かったのは俺の方だ。ごめんな。許してくれるか？」

隼人は泣きながら頷いてくれた。すこし落ち着いてきたころ、佐々城が帰ってきた。息を切らし、

スーツも髪も雨で濡《ぬ》らした佐々城は、毛布にくるまれた隼人の前でがくりと膝をついた。

「……無事で良かった……」

佐々城もまた、隼人を怒らなかった。泣いたとわかる隼人のちいさな顔を両手で包み、「おかえり」と囁く。

「これからは、出かけるときは一言でいいから声をかけてくれないか。探してしまった」

「お父さん……ごめんなさい」

幼い息子と不器用な父親がぎこちなく抱きしめ合うのを、永輝は穏やかな気持ちで見守った。

結局、永輝は泊まっていくことになった。まだ不安が残っている隼人を置いて帰るのは心配だったし、見るからにヘトヘトになっている佐々城も気がかりだった。それに、普段はしない、隼人が寝付くまで手を繋いでベッドの横にいたせいで、かなり時間が遅くなってしまったからだ。

健やかな寝息をたてはじめた隼人の部屋をそっと出ると、風呂から出た佐々城が階段を上がってくるところだった。いつもより疲労が濃く顔に出ている。一日の仕事を終えたあとに隼人のことがあり、やはりそうとう疲れたのだろう。わずか三十分ほどのあいだの出来事だったが、心労は計り知れない。

「君も風呂を使いなさい。それで、できれば寝る前に書斎に来てほしい」

話の続きがしたいと言外に告げられて、永輝は頷いた。もう頑なに拒むほどの気力体力が残っていない。永輝も疲れていたし、早く寝たいだろうに佐々城がまだ話したいというくらいなのだから、弁解は重要事項に値するのだろう。たとえ徹夜になってしまっても、佐々城の気の済むまで話を聞こうと思った。

広々とした風呂で温まり強張った体を解《ほぐ》し、ふわふわのタオルで体を拭く。佐々城に借りたいつものパジャマを手に取り、はたと静止した。下着がない。唯一の替えとしてこの家に置いてあったコンビニの下着は、このあいだ穿いたまま帰ってしまった。さっきまで穿いていた下着をもう一度穿くかどうか迷ったが、結局はノーパンでパジャマを着た。パジャマは薄いブルーだが上着の丈が長いし、股間がそう透けることはないと思う。

洗濯籠《かご》に入っていたほかの衣類とともに、洗濯室まで持っていって全自動洗濯乾燥機に突っこんでスイッチを押した。これで明日の朝までにきれいになって乾くだろう。

あいかわらずウエストが緩いパジャマのズボンを手で押さえながら二階に上がり、書斎のドアをノックする。佐々城の声で返事があってから、静かに開けた。

何度か入ったことがある部屋は、いかにも書斎という感じだ。壁の両側は造りつけの書棚になっていて、数え切れないほどの本が並べられている。経済学から宝石の専門書、真珠養殖に関する書籍など、本の種類は多岐に渡る。永輝がたまに読むライトな推理小説なんて一冊もなかった。

佐々城は重厚な造りのデスクに座っていた。飴《あめ》色の艶が美しいデスクはアンティークらしいが、永輝は詳しくないのでわからない。その横にはカウチがあって、ちいさなテーブルの上に読書用と思われるライトが載っていた。

佐々城は入室した永輝をちらりと見ると、カウチに移動した。そして自分の横に座るよう、永輝に指し示してきた。カウチは三人掛けくらいの大きさがあるため、大人の男が二人並んで座ってもじゅうぶん余裕があるが、避けられたり目を逸らされたりすったもんだがあったあとに接近するのは、すこし勇気がいる。ましてや永輝はまだ佐々城を嫌いになれていないのだ。

はっきりと拒絶されて傷ついたのだから、とっとと嫌いになれたらいいのに、人の心はそう簡単にスイッチを切り替えることはできないらしい。未練たらしく風呂上がりの佐々城に色気を感じているのだから、永輝は自分に呆れた。

「永輝君、今日はすまなかった。君がいてくれて助かった」

「そんな……俺のせいで隼人はあんなことをしたんだから、礼を言われるのはおかしいと思います」

「君のせいじゃない。私が至らなかったせいだ。隼人にも聞こえるような声で言い合いをしてしまったきっかけは私だし、そもそも最初から君への気持ちを隼人にも伝えていれば良かったんだ」

「俺への気持ち？」

小首を傾げた永輝を、佐々城が眩しいものでも見るように目を細めた。

「私は君が好きだ」

「………ああ、はい、ありがとうございます」

これは差別的態度の謝罪の延長かなと、永輝は頷いた。嫌いじゃない、軽蔑もしていない、避けていたわけじゃない、好きなんだよ、これからも友人でいてほしい、という意味の――。

「意味は通じているんだろうか？」

佐々城が不審げに永輝の瞳を覗きこむように近づいてくる。その分の距離を、永輝は引いて保った。

「なにがですか」

「つまり、私は君に熱烈な恋をしている、ということなんだが」

ネツレツナコイヲシテイル？　だれに？　どこの女性に？　キミって？　キミっていう名前の人？

「言っただろう、私はもう見合いはしない、結婚する気はないと。熱烈な恋をしているから、その人以外は考えられないと。あれは、君のことだ、三澤永輝君」

噛んで含めるように、佐々城が区切りながらゆっくりと喋った。茫然としていた永輝の脳に、じわりじわりと意味が浸透していく。

「ウソだ……」

意味がわかってきたが、にわかには信じられなかった。だってそんなはずはない。佐々城はノンケで隼人という息子がいる。再婚相手を見つけるために姉と見合いをしたのだ。男である永輝を好きになるなんて、奇跡みたいなこと、絶対にあるはずがない。

「ウソつかないでください。俺の機嫌を取るために、テキトーなこと言ってんでしょう！」

「本当だ。こんなウソをつくはずがないじゃないか。君にウソをついて、私にどんなメリットが？」

「メリットならありますよ。隼人の遊び相手としてキープしておけます。俺の前に佐々城博憲っていう美味しい餌《えさ》をぶらさげて、それで釣ろうとしているんでしょう。佐々城さんが俺のことを好きなんて、恋してるなんて、そんなこの場しのぎのウソつかれて、俺が喜ぶと思ってんですか？　俺が傷つくとか、考えないんですか？　酷いです、それ！」

頭に血が上って目頭が熱くなってきた。泣きそうになって、永輝は立ち上がった。一刻も早く佐々城の前から逃げたい。客間に飛びこんで鍵をかけて布団をかぶって丸くなりたかった。

「ちょっと待って、永輝君」

だが手を摑まれて強引に引っ張られ、カウチに倒れこむようにして座らされる。佐々城が意外にも乱暴な手段に出てきて、永輝は驚いた。

「いま、なんて言った？」

「えっ……」

佐々城がいままで見たこともないくらいに真剣な目で見つめてくる。

「いま、言っただろう。『俺の前に佐々城博憲っていう美味しい餌をぶらさげて、それで釣ろうとしているんでしょう』と。私は君にとって美味しい餌なのか？　私で君は釣れてくれるのか？　私が君を好きだと、君は喜ぶのか？　好きだというのがウソだと、君は傷ついてくれるのか？」

さすがの記憶力で畳みかけるようにして永輝の発言を細かく拾う佐々城に啞然とした。だがつぎの瞬間にはうっかり本音を漏らしてしまった自分に猛烈な羞恥を覚える。じわっと耳が熱くなった。摑まれた手を振りほどこうとしたが、佐々城の力は強い。顔を背けてカウチを立とうとしても許されなかった。

「永輝君、私の質問に答えてくれ。私は君にとって美味しい餌なのか？　釣れてくれるのか？　もし私に釣られてくれるなら、精一杯努力して美味しい餌であり続けると誓うよ。君に喜んでほしいから、毎日でも好きだと言おう。君が望むことなら、なんだってしてあげたい。傷つけるようなことはしないと約束する。だが私は粗忽者《そこつもの》だ。いつなんどき君を傷つけてしてしまうかわからない。もし今後そのような事態になったら、どんな罰でも受ける。君の好きなようにしてくれていいから」

佐々城はカウチから降りて床に膝をついた。永輝の手をぎゅっと握り、訴えかけるようにして見上げてくる。信じられない光景だ。あの大企業SaSaKiの社長が、十五歳も年上で隼人の父親の佐々城が、弱冠二十歳の青二才でしかない永輝に膝を折っている――。

冗談でこんなことができる性格ではないはず。佐々城は融通がきかなくて頑固で不器用で表情が乏しくて真面目な男だ。間違ってもこんな悪趣味なドッキリは仕掛けないだろうし、隼人のメンタルを大切にしたいなら永輝にも真摯な態度を取るはずで。

佐々城に握られている手がカタカタと震えはじめた。

「ほ、ほんと……？　本気の話なんですか……？　佐々城さんが、俺を……？」

「本当だ。信じられないか？」

「だって、佐々城さん、俺の父親にはっきり言ったじゃないですか。関係を疑われたとき、俺をそういう対象で見たことはないって。だから、俺は、もうカケラも望みがないんだって、諦めようと……」

「あのときは、自分の気持ちをよくわかっていなかったんだ。私は君がバイだと知って、内心とても喜んでいた。不思議な感情があるものだと変に思って浅野に相談したら、それは永輝君を好きなのではと指摘されて自覚した」

「あ、浅野さんに相談したんですか？」

「いけなかったか？　浅野はいつも的確な助言をくれるから、困ったときはいつでもなんでも相談するようにしている。その浅野が言うには、私ははじめて永輝君に会ったときから夢中だったらしい。永輝君の話ばかりをして、機嫌が良く、毎日が楽しそうだったと言われた。思い返せば、私は初対面の場から君を自宅に連れて帰った。あれはお持ち帰りだったんだと、あとで気づいた。私は君をたいそう気に入り、自分のものにしたくて、連れて帰ってしまったんだな」

佐々城は大真面目な顔で、さらりととんでもないことを言った。

「はじめて、会ったとき、から……？　ホントに、俺のこと？」

「そうだよ。いま思えば、一目惚れだった。私は君に、一目で恋をしてしまったんだ」

「ごめんなさい、なんか、突然すぎて、信じられません」

じつは相思相愛だったなんて、いったいどこの陳腐なドラマなんだろう。あまりにも突拍子がなくて、にわかには信じられない。けれど、信じたいという気持ちもあり、永輝はどうしていいかわからなくておろおろした。

「私のことが信じられない？」

「ごめんなさい、信じたいんですけど、もう、絶対に望みはないって思いこんでいたから、すぐには受け入れられないっていうか…………なんか、苦しくなってきました…………」

息が苦しい。深呼吸しようとするが、なぜだか上手くできない。佐々城が慌ててカウチに座り直し、永輝の背中を手で擦ってくれた。

「落ち着いて、永輝君、大丈夫だから、ゆっくり息を吸って、吐いて、吸って、吐いて」

佐々城の誘導通りに、心を落ち着けようとリズムに乗って呼吸をした。しばらくして息が楽になってくる。

「そうだ、佐々城さん、奥さんは？　このあいだ国際電話をかけてましたよね。仲良くしているんじゃないですか？　俺は復縁もアリなのかなって、思ってて……」

「ああ、電話はしたが、復縁は絶対にない。彼女にはもう恋人がいる。話の内容は君のことだ」

「俺のこと？」

「どうやら君のことが好きらしいと自覚したあとで、私は以前から同性を恋愛対象にすることができる性質だったのか気になって、元妻に電話をして聞いてみた。昔から気づいていたのかどうか知りたくて」

とんでもない電話をかける元夫もいたものだ。佐々城の元妻はさぞかし仰天して呆れただろう。もしくは激しく怒ったか。だが、さすが佐々城の妻だった女性だ。そのどちらでもなかったようだ。

「そうしたら、笑われてしまって」

「笑われた？」

「佐友里に言わせると、私は氷の女王並みに冷血な人間だったらしい。そんな私をそこまで必死にさせる人に出会えて良かったじゃないと言われた」

それはまた豪快な性格の女性だ。佐々城と結婚しようと思ったくらいなのだから、常人とはスケールが違う人だったのかもしれない。

「ほかに聞きたいことは？　信用する気になってくれたかな」

耳元で囁かれて、いつの間にか佐々城が至近距離にいることに気づいた。背中を擦っていた手は永輝の肩を抱き、もう片方の手は永輝の手を握っている。カウチの背凭《せもた》れに体を押しつけるようにされた。佐々城のメガネの奥の瞳に、永輝の顔がうつっているのが見えた。ただまっすぐに、佐々城は永輝を見つめている。吸いこまれるようにして、永輝は佐々城の腕の中に収まった。見た目以上に佐々城の胸は厚くてがっしりしている。包みこまれる安心感に、永輝はうっとりと目を閉じた。

トクントクンと力強い鼓動が響いてくる。

佐々城の告白を信じられる――かもしれない。いや、信じたい。

永輝は佐々城の胸に頬ずりするように縋《すが》りついた。佐々城はしっかりと受け止めてくれる。お互いの心臓が、トクトクトクとやや速いリズムを刻みはじめた。

「永輝君、それで、私の告白はどういう結果になるんだろうか」

固い声で佐々城に聞かれた。この反応でわからないのか、言葉で返さないと確信が持てないのかと、いまさらながらに佐々城の朴念仁《ぼくねんじん》ぶりに呆れる。だが、こういうところも可愛いと思ってしまう。

勇気を総動員しなければ、返事ができそうになかった。二人ともにおなじ気持ちを抱いていた奇跡には感謝しかないが、同性と付き合うことになるのははじめてなのだ。佐々城もはじめてだろう。これからどうなるのか、突っ走って飛び立ったあとの着地点がまったく予想できない。周囲の人間だって困惑するだろう。佐々城に見合いを勧めている妹は？　隼人にはどう説明すればいい？　永輝の父親だって姉だって——。

数々の困難を想像してみたが、永輝は目の前にいるチャンスを摑むこと以外に考えられなかった。だって、好きなのだ。

この不器用な社長さんを。

そろりそろりと顔を上げて、佐々城の顔を見る。好き、という一言が、口からなかなか出てこない。佐々城はお行儀良く待っている。永輝の返事を、内心ではジリジリしているだろうに、表情には出さないよう自制して待ってくれていた。

勇気をかき集めて、かき集めて、永輝はなんとか声を出した。

「お、俺も、好きです」

語尾が震えた。きっと顔は真っ赤になっている。それでも言えた。佐々城がぎゅっと抱きしめてきて、永輝も腕を佐々城の背中に回した。

「ありがとう」

礼を言いたいのはこちらの方だ。佐々城は痛いくらいに力をこめてしばらく抱きしめていたが、やがてゆっくりと体を離した。視線が痛いほどに自分の顔の一部に注がれている。唇だ。

「永輝君……その、キスをしても、いいだろうか……」

そういうことを聞くか、普通。佐々城にはムードのままになんとなく、というスキルがまったくないのかもしれない。許可を求められると恥ずかしいものだと、永輝はひとつ覚えた。

「……いいです」

「ありがとう」

だから礼はいらない。むしろこっちが――と心の中で文句を言っていたら、サッと触れるだけのキスが終わった。啞然としている永輝の前で、佐々城が照れくさそうに眼を逸らしている。

「これだけ？」

つい不満がこぼれた。三十五歳にもなる大人の男なら、もっとこう、練れたキスという隠しワザのようなものがあってもいいと思うのだが。もしかして佐々城はそっち方面も不器用なのか？

「もっとしてください」

告白は恥ずかしかったが、キスの誘いはなぜか羞恥が薄かった。一瞬だけ触れるキスにムッとしたからかもしれない。

微妙に逃げ腰の佐々城を睨みつけ、首に腕を回してぐっと引き寄せる。鼻先が触れ合うほどの距離で、「この期に及んで遠慮とか躊躇とかナシにしてくださいよ」と凄む。

「えっ、でも……」

「なんですか、ダメなんですか。俺とはキスしたくないってことですか？」

「まさか、君とキスしたくないなんて思うはずがないだろう。ただ、その……」

「なに？　はっきり言ってください」

「本気でキスをしたら、たぶんそれだけで済まなくなると思うんだが、それでもいいのか？」

想定外の返事をいただいてしまい、永輝はしばし言葉を失った。

つまり、佐々城はキス以上のことがしたいと、そういうことか？

鎖骨のあたりから首へ、じわじわと熱が上がってきた。すぐに頭のてっぺんから湯気が吹き出しているんじゃないかと鏡で確かめてみたくなるほど、全身がカッカと火照ってくる。

「私は永輝君にずっと触りたくてたまらなかった。ほら、君の手を避けたとか避けなかったとか、口ゲンカをして泊まる予定だったのに帰ってしまった夜のことを思い出してくれ。あのとき、君は風呂上がりだった。ぴかぴかと輝いて見えて、おまけにボディソープのいい匂いがして――我が家のバスルームに置いてあるものだから隼人もおなじ匂いがしているはずなのに――君にだけ、私は反応してしまっていたんだ。私は君に激しく欲情してしまい、うっかり衝動に負けて押し倒してしまいそうだった。隼人がいるリビングでだ。だからできるだけ近づかないようにして、見ないようにもして、触れないようにもしていた。永輝君を嫌ってあんな態度に出ていたわけじゃない……と、うまく説明できなくて、君を怒らせてしまったわけだが」

佐々城が切なげに訴えてくる。あのときの態度にはこんな理由があったのか。ぜんぜん気づかなかった。いつも沈着冷静にしか見えない佐々城が、風呂上がりの自分に欲情していたなんて。

「だから、思いの丈をこめたキスをしたら、自分でもどうなるかわからない。なにせ好条件が揃いすぎている。いま私たちは二人きりで、深夜にもなろうという時刻で、風呂上がりでパジャマしか着ておらず、おそらくだれも邪魔をしに来ない！」

拳を握って力説することではない……。

「私は君に嫌われたくないから、性急にことを進めるのは本意ではない。同性と付き合うのははじめてで勝手がわからない部分も多く、ゆっくりと愛を深めていけたらと思っている。けれど、それとこれとは別なんだ」

これ、と佐々城は自分の股間を指さした。パジャマの生地がはっきりと盛り上がっている。いつの間にこんな状態になったのか。

「永輝君、どうして君はこんなにも輝いているんだ。まるで後光がさしているようだよ。そして全身から立ち上る誘惑に満ちた香り。我が家のボディソープの香料がこれほどまでに官能的に変化するなんて驚きだ。艶々の髪も瑞々《みずみず》しい肌も、私を魅了して止《や》まない。この澄んだ黒い瞳に、私だけしかうつらないようにすることはできないものかと真剣に神に祈りたくなってくるよ」

立て板に水のごとく、佐々城は悶絶《もんぜつ》モノの恥ずかしいセリフをとうとうと喋っている。聞いているこっちが参ってしまいそうだ。佐々城が賛辞してくれるほど、自分はたいそうな存在ではない。どこにでもいる特色のない大学生で、佐々城の方がすごいスペックの持ち主なのに。

「では、永輝君、あらためて聞いてもいいかな」

「な、なんですか？」

「キスをしてもいいだろうか」

「あ、うん……。それって、もしかして、濃厚なヤツ？」

「ダメならはっきり言ってくれ」

「いや、その、いいですよ」

このやり取りが超絶恥ずかしい。佐々城はわかっているのだろうか。わかっていてやっているなら、とんでもないドSだ。真顔で言葉攻めをしてくる十五歳年上の社長サンなんて、どこのAVかエロ漫画かっていう話だ。

「永輝君、好きだよ」

熱っぽく囁いてから、佐々城が唇を寄せてくる。今度は言葉通りに触れるだけではなかった。ちゅっと吸われたあと、下唇を甘く噛まれた。まさか噛まれるとは思っていなくて、不意打ちの痛みに、あ……と声が出そうになる。そのひょうしに薄く唇を開いたら、舌が侵入してきた。

「んっ、ん………」

そっと優しく口腔《こうこう》をまさぐられて、歯茎や上顎《あご》をくすぐられる。心地良さに永輝は陶然と目を閉じた。だがやがて舌は情熱的に動きはじめる。永輝の舌を探り当てると絡めたり扱《しご》いたり歯を立てたりと、傍若無人に暴れまわった。

こんなキスはしたことがない。気持ちいいのか痛いのかもわからないくらいに翻弄されて、永輝はいつしかカウチに押し倒されていた。頭がぼうっとしてきて、長い長いキスから解放されたときは息も絶え絶えで、四肢には力が入らず、くったりと投げ出した状態になった。

股間がズキズキと痛いほどに高ぶっている。キスだけでいきそうになったことに、きっと佐々城には気づかれた。下着を着けていないせいで、パジャマのズボンには染みができている。中がどうなっているのかなんて、おなじ男だから正確にわかるだろう。

「可愛いな、君は」

佐々城のメガネはずれていた。それを余裕のしぐさで外し、手を伸ばしてデスクの上に置く。

「おいで」

手を引かれてカウチから立ち上がった。勃起しているうえにズボンのウエストが緩くて、歩きにくかった。書斎から隣の寝室へは、廊下に出なくても移動できるよう繋がっている。佐々城の寝室には何度も入ったことがあったが、それは家政婦代行としてで、想いが通じ合った恋人として足を踏み入れるのははじめてだ。

自分がメイクしたダブルサイズのベッドが目に飛びこんでくる。いまからここで佐々城に抱かれるのか、展開が早くないかと戸惑った。その戸惑いを佐々城にしては敏感に察知したようだ。

「永輝君、大丈夫、痛いことはしないから。君に触りたいだけだ」

「でも……」

佐々城のことは好きだけど、やはり同性とセックスするのははじめてなので躊躇してしまう。好きな男に体を触られたら、いったい自分がどうなるのか予想がつかないのだ。

「このベッドが気になるのか？」

「えっ？」

「これは離婚してから買い替えたものだから、佐友里は一度も寝ていない。私以外で使うのは君がはじめてだから」

佐々城は大真面目に言ってくれたが、永輝はそこまで考えていなかった。気遣われている。ただセックスをしたいだけじゃなく、佐々城は佐々城なりに永輝の気持ちを考えてくれているのだなとわかる。ここで永輝が「やっぱり今夜はやりたくない」と拒んだら、たぶん佐々城はすんなりと客間に帰してくれるだろう。試してみなくてもわかる。そういう男だ。

「俺の、どこに触りたいの？」

ごく自然に笑みが浮かんだ。

この男が好き。好き。仕事はできるけれど色恋には不器用で、融通が利かないようでいて柔軟で、いざとなったら腹を括るのが早くて大胆で、自分に正直な人――。大好きだ。

「俺も、佐々城さんに触りたい」

「永輝君……っ」

佐々城が感じ入ったように抱きしめてきた。そのままベッドに倒れこみ、唇を唇で塞がれる。激しくくちづけられながら、佐々城の手がパジャマの中に入ってくるのを許した。触りたいと言っていただけあって、佐々城は永輝の肌という肌を触りまくった。

「あ、んっ、佐々、城さ、あっ……」

あっという間に全裸にされて、触れられて反応した場所をさらにしつこく撫でられたり唇で吸われたりした。ほとんど揉みくちゃにされたようなものだ。佐々城の手によって広げられたりたたまれたりひっくり返されたりして、体中に赤いキスマークをつけられた。

「あっ、やあっ」

自分でも驚いたのは乳首だ。いままで意識すらしたことがないところにキスをされて、永輝はあやうくいってしまいそうになるほど感じた。ぴくぴくと震えている性器を、佐々城が大きな手でぐっと握ってくる。カウチでのキスからこっち、ずっと勃起状態のそれはもう痛いくらいになっていて、佐々城に扱かれるともうダメだった。

乳首を吸われながら擦《こす》られて、永輝は最初の絶頂に駆け上がった。

「あ、んっ、あー………っ！」

頭が真っ白になって、魂がどこか高みへ浮かび上がりそうになる。はじめて味わう類の快感だった。ただ手で扱いてもらっただけなのに、ものすごく良かった。

（……すごい……女の子とするのとは、ぜんぜん違う……）

いろいろな意味でのショックを受けた。

腹に散った体液を、佐々城が嬉々として舐《な》めとっているのを、ぼんやりと眺める。その舌がふたたび乳首を攻めにきて、永輝はもうそこは勘弁してという意思表示のつもりで背中を向けた。それを佐々城がまたもや勘違いした。

「あっ？　ちょっ……」

尻の谷間を手でぐっと広げられ、そこに顔を埋《うず》められた。さらに腹の下に腕を入れられて、ベッドに膝をつき、尻だけを高く上げるような体勢にさせられる。とんでもないポーズに、永輝は慌てた。

「そ、そこもＯＫとは、言ってませんっ」

はっきりと抗議したが佐々城は無言で舌を伸ばしてくる。そこを温かくて柔らかいものでぬるりとなぞられて、永輝は息をのんだ。いくら風呂上がりとはいえ、そこは舐めていいところじゃない。でもそういう愛撫があることくらい、いまどきの若者だからＡＶやエロ漫画で知っている。しかし実際にやったことはなかった。

「あっ、あ、佐々城、さんっ、ちょっ、マジで、そこは……っ」

未知の快感に襲われて、ぞくぞくと背中が震える。怖くなって、永輝は前へと這って逃げようとしたが、佐々城にがっちり腰を取られていて動けない。渾身《こんしん》の力を振り絞れば拘束を解くことはできるのかもしれないが、佐々城にケガをさせるわけにはいかないし、なによりもお触りＯＫと言ってしまった。そこを舐めることが許可した内容に含まれるのかどうかは微妙だが、佐々城がやりたいことをさせてあげたいという気持ちはなくなっていない。

「ああっ、あんっ」

舌が執拗《しつよう》にそこを舐めている。ときどき尖らせた先端が中に入りそうになって、甘ったるい喘《あえ》ぎがこぼれてしまう。

（どうして気持ちいいんだよ、そんなところが！）

心の中で激しい嵐が吹き荒れている。男に惹かれる自分を認めて、佐々城を好きになった永輝だが、具体的にセックスの中身を妄想したことはなかった。なんとなく自分が抱かれる側かなと感じていたから怖かった、という部分もあるが、佐々城のアレコレを想像するのが申し訳なかったのもある。

だからこうして愛撫《あいぶ》されてみて驚くことがいくつもあった。こんなことなら各種パターンを想定してシミュレーションをしておけば良かったと後悔しても遅い。

「あ、それ指っ？」

舌で解されて唾液でぬるぬるにされていたそこに、固くて細いものがぐっと押し入ってきた。たぶん指だ。痛みはない。むしろ――。

「ああっ、あっ、待っ、そんな、あっ」

びりびりと電流のような快感が背筋を駆け抜けていく。そこが感じるかどうかは人それぞれだと聞いたが、まさか自分がこんなに感じる性質だったとは知らなかった。指と舌でそこをさんざん弄《いじ》られ、永輝の性器はもう限界だった。さすがに後ろだけで達することはできなくて、佐々城に無視された性器は切なく揺れている。もういきたくていきたくてたまらず、永輝は自分の股間に手を伸ばした。

「ダメだよ。私にやらせてほしい」

手を掴まれて阻まれた。酷いと文句を言いかけた永輝はころりと体を転がされ、仰向《あおむ》けにされた。

「あ、えっ？」

ガバッとばかりに両足を広げられ、なんと佐々城の肩に足を掛けられた。永輝の股間をガン見していた佐々城は、おもむろに顔を近づけ——くわえた。温かな口腔に吸いこまれて、永輝は声もなく目を閉じた。

「は………んっ、あ、あぁ……！」

心地良さに、永輝はうっとりする。フェラチオされるのははじめてではない。だが大好きな佐々城にしてもらっていると思うだけで、快感は二倍にも三倍にも膨らんだ。

「あうっ」

油断していた永輝の尻に、佐々城がふたたび指を挿入した。さっき探り当てられていた感じる場所を指でぐりぐりと嬲《なぶ》られる。佐々城の口腔で性器がぐんっとさらに勢いを増したのがわかった。前と後ろを同時に攻められて、そうそう持つわけがない。あっという間に絶頂感が迫ってきた。

「ああっ、あーっ、いや、やだっ、待っ、そんなにしないでっ、佐々、城さんっ」

股間に張りついている佐々城の頭をなんとかして引きはがそうとしたが、動かない。

「出ちゃう、出ちゃうから、あっ、あ、あ、ダメ、あーっ……！」

がくんと腰を跳ねさせながら、永輝は耐えきれなくて佐々城の口腔に放ってしまった。

「う、うっ、くぅ……」

断続的に迸《ほとばし》るものを、佐々城が嚥下《えんか》している。それだけじゃなく、尿道に残っているものまで吸い出そうとされ、あまりの快感に恐怖さえ抱くほどで、感情が高ぶったあまり涙がぶわっと溢れてきた。

永輝の股間を丁寧に舐めて清め上げた佐々城が、満足げに顔を上げる。しくしくと泣いている永輝に驚いた顔をした。

「永輝君、泣いているのか？　どうして？　私はなにかいけないことをした？」

慌てて抱きしめてきた佐々城はまだパジャマを着ている。一方的に自分だけ感じさせられてよがりまくっていかされたわけだ。それも、二回も。ムッとしたら涙が引っこんだ。

なんだか不公平だ。自分だって佐々城を気持ち良くしてあげたい。佐々城だってギンギンになっているくせに。

「佐々城さん」

「なんだい？」

ぐいっと腕で涙を拭いた。

「今度は俺の番です」

えいっとばかりに体勢を入れ替えて佐々城を組み敷く。啞然とした佐々城だが、すぐに気を取り直したようで「なにをしてくれるのかな」と笑った。

「俺もフェラします」

佐々城のパジャマのズボンを引き下ろした。同時に勃起したものが飛び出してくる。立派なサイズと男らしいフォルムに引きつけられるものがあった。見ているだけで口の中に唾液が溜まってくるのは、やはり同性が恋愛対象で、佐々城のことを好きだからだろうか。

いまさらながら、永輝はおのれのセクシャリティを自覚した。自分は女性も男性も愛せるバイではない。女性ともセックスできるが男性を愛するゲイなのだ。こうして佐々城と抱き合ってみて、それがはっきりした。

本当の自分を見つけることができたのは、佐々城のおかげだ。そしてその事実に悲観的にならずに済んでいるのも、抱きしめてくれる佐々城の腕があるからだ。

「ん………」

感謝と愛情をこめて、屹立《きつりつ》の幹の部分にチュッとキスをした。佐々城の様子を窺うと、ゆったりと四肢を伸ばして永輝の好きなようにさせてみるという態度だ。永輝は張り切って舌を伸ばした。

同性の性器を口で愛撫することに、やはりカケラも嫌悪感はない。口腔でいっそう膨れ上がる性器が愛しくて、永輝は夢中になって舐めしゃぶった。たっぷりとした大きさの陰嚢《いんのう》を柔らかく揉むと、佐々城がかすかに喘ぐ。もっともっと感じてもらいたくて、永輝は両手と口腔を駆使した。はじめての行為なのでテクニックなんてない。真摯な想いだけで、佐々城に奉仕した。

「永、輝君っ……、もう、いいから、離しなさい……」

内腿《うちもも》が強張り、腹筋が緊張してきたから、いきそうなんだとわかる。永輝は中断することなく、顎と舌が疲れてきても続けた。

「うっ……………」

小さな呻き声とともに、熱いものが口腔に迸ってくる。佐々城がしてくれたように、水輝はそれを飲みこんだ。味わう余裕なんてない。つぎからつぎへと流れこんでくる体液を嚥下し、最後の一滴まで搾って啜《すす》った。

やったぞ、という達成感に満ちた顔を上げれば、佐々城が困った目で見ていた。

「不味《まず》かっただろう。飲まなくて良かったのに」

「佐々城さんだって飲んでくれたじゃないですか」

「永輝君が出したものは不味くないからいいんだ」

「なんですかそれ」

エッチなことをしている最中なのに、笑みがこぼれる。引き寄せられるようにしてキスをした。触れるだけの軽いキスだ。お互いにフェラチオをしたあとだったので遠慮する気持ちが勝った。

「さて、シャワーを浴びて寝ようか」

これで終わり？　という拍子抜けした感があったが、時計を見たら、もう丑三《うしみ》つ時だった。そういえば一週間がはじまったばかりで、夜が明ければ佐々城は仕事がある。年齢的にも、睡眠を取らないと辛いだろう。それによく考えたら永輝は二回もいかされていた。すっからかんになっているはず。

いくら若いといっても、これ以上の行為は、もう無理かもしれない。

さすが年の功、佐々城はそのあたりのことも考慮してくれているようだ。永輝の全身に触れてキスをして一回いって、佐々城もいったんは気が済んだのかもしれない。

主寝室には簡易シャワールームがついている。大人一人用なのだが、永輝と佐々城はいっしょに入った。狭いです、と文句を言いながら、二人でシャワーを浴び、体をきれいにした。お互いの体をタオルで拭き合いっこをして、裸のままベッドに入った。

佐々城の逞《たくま》しい腕に抱き寄せられながら目を閉じる。幸せな、幸せすぎる夜になった。


佐々城はここのところ毎日ご機嫌だ。永輝が帰ることなくずっと佐々城の家に泊まっているからで、帰宅すれば可愛い息子といとしい恋人が待っていると思うと、おのずと仕事も張り切る。

さくさくと仕事が進み、すこし疲労を覚えて時計を見れば、ちょうど三時だった。

「社長、休憩にしましょうか。お茶を淹れます」

気を利かせて浅野が席を立つ。給湯室に行くために浅野がドアを開けようとしたら、廊下側からノックがあり、和美がひょっこりと顔を出した。

「社長、少しだけお時間いいですか？」

にっこりと笑顔を向けてきたが、どうにも腹に一物ありそうな笑みだった。そういえば見合い写真とつりがきを返していなかったなと、いまになってから思い出す。その件以外で和美がわざわざ社長室に来ることなどないだろう。和美は先代社長の娘で現社長の妹だが、一社員としてSaSaKiに勤めている。入社十年目としてそこそこの仕事量を抱えているはずなので、社長室で油を売る暇はそんなにない。

「いまちょうど休憩しようとしていたところです。お茶を淹れてきますので、中にどうぞ」

佐々城の意向を確認することなく浅野が勝手に和美を入れてしまった。浅野にとって和美は幼いころから見知っている女の子であり、ほとんど親戚の叔父さんのような関係だからだろう。

うってかわって佐々城の機嫌が急降下していくのに気づいたか、浅野は首を捻りながらも社長室を出て行った。

「兄さん、休憩時間ならプライベートの話をしてもいいわね？」

和美がそそくさとデスクに近づいてくる。佐々城は椅子をくるりと回して窓の外を眺めた。

「見合いの話なら断る」

「あら、どうして？　写真を見たでしょ。なかなかの美人だと思わない？　気が強そうな外見だけど、喋ってみるとそうでもないのよ。佐友里さんとは違うタイプだから大丈夫」

「私は佐友里のようなタイプが嫌いなわけではない。彼女とはいい関係を持続している」

「そりゃそうよ。隼人のお母さんなんだもの。ごめん、言い方が悪かったわね。つまり、とりあえず会ってみたらどうかしらってこと」

大きなため息をついてみせたら、和美の手が強引に椅子を回転させて、正面から向き合うかたちにされてしまった。

「会うだけでも会ってみてよ。とっても感じが良い人だから、もしかしたら気に入るかもしれないわ」

「だから、私は好きな人がいると言っただろう」

「結婚できない人なんでしょう？　だったらいくら好きでも意味ないじゃない。隼人のことを少しは考えてあげたら？」

「隼人とも仲良くしてくれている」

「えっ……」

和美が目を丸くして硬直した。しまった、うっかり口を滑らせてしまった……と佐々城が視線を逸らしたとき、ドアが開いて浅野が戻ってきた。ティーカップが載ったトレイを持っている。

「ちょっと、浅野さんっ」

「はい、なんでしょう」

応接セットのテーブルにカップを置きながら、浅野が和美を見遣る。

「兄さんの好きな人が隼人と仲良くしてるって、いま聞いたんだけど、まさか家に出入りしてるの？」

浅野がちらりと佐々城に視線を寄越した。デスクに頬杖をついた佐々城の態度に、浅野が肩を竦める。「ええ、まあ、そうですね」と肯定した。

「知ってたのね。どうして教えてくれなかったのよ。どんな人？　どこの人？　何歳？」

「それは……」

浅野が「私の口からは……」と躊躇したが構うことなく和美が詰め寄る。

「知ってることを教えてちょうだい。なによ、どうしてあたしに秘密にしていたのよ。兄さんにそんな人がいたなら報告してよ」

「ですから、私の口からは……」

「兄さん、白状しなさいっ」

ふたたび佐々城に向き直り、和美が鬼の形相で詰め寄ってくる。自分が除け者にされていたようで腹が立っているのだろう。面倒臭い。

「どこのだれなの？　素性はハッキリしているんでしょうね？　兄さんは鈍臭いんだから、まさか金目当てで騙《だま》されているんじゃないの？　ほら、将を射んと欲すれば、なんだっけ、牛から、だっけ？」

「和美さん、馬です」

浅野が冷静に訂正している。

「そうそう、それ。隼人を手懐けたのは、兄さんを落とすためよ、きっと！　なに術中にはまってんの、大変じゃない」

「私はずいぶんと信用がないんだな」

「コト色恋に関しては、まったくないわよ！」

妹に断言されて、佐々城はすこし凹《へこ》んだ。

「和美、彼の素性ははっきりしている。近いうちに母さんとおまえには紹介するつもりだった」

「……………いま、なんて言った？」

「近いうちに紹介するつもりだったと言った」

「違う、そのままえよ。彼って言った？　彼って」

「言った。三澤永輝君という二十歳の大学生だ」

「えええぇぇぇーっ！　男？　男なの？　マジで？　兄さん、ゲイだったの？」

和美がムンクの「叫び」のような形相で驚いたので、ちょっと面白かった。眩暈《めまい》を起こしたのかフラリと上体を傾けた和美を、浅野が素早く支える。

「私がゲイかどうかはわからないが、いま愛しているのは永輝君という男性なのは確かだ。つい最近、想いが通じあったばかりでね」

ふふふ、と笑みを浮かべると、和美が不気味な妖怪でも見たような顔をした。さっきから顔芸がすごい。和美は器用な性質だったのか。

「和美さん、申し訳ありません。口止めされていたわけではないのですが、容易に話せる内容ではなくて……」

「ああ、そうね、責めてごめんなさい」

頭を下げる浅野に、逆に謝ってから、和美はソファに座った。ため息をつきながら浅野が淹れてくれたお茶を飲む。

「男、男か……」

最初の衝撃が去っても、なかなか冷静にはなれないようで、和美はぶつぶつ呟いている。

「本気なの、兄さん」

「ああ、本気だ。すごく良い子でね、こんな私のことを好きだと言ってくれた」

「あ、そう……。兄さん、その相手の人、三澤永輝……って言ったわよね。もしかして、先月お見合いした三澤工芸の？」

「藍さんの弟だ」

佐々城は見合いの日の出来事をかいつまんで話した。家政婦の竹中がぎっくり腰で休養したことは伝えてあったが、その代わりに永輝が家に来ていることは話していなかった。故意にそうしたわけではなく、単に言うまでもないことだと思っていたからだ。

「そういう大切なことは教えてちょうだい。素人の三澤永輝君を家政婦代行にしたなんて、普通は竹中さんが所属している会社に連絡して代理を寄越してくれって頼むものでしょう？」

「和美さん、社長は最初から永輝さんに夢中でしたよ。自覚はなかったようですが」

浅野がフォローのつもりで余計なことを言った。和美がまじまじと佐々城を見つめてくる。

「とことん鈍いのね、やっぱり。自覚なくて家に入れちゃったってこと？　熱烈な恋をしているから、もう見合いはしない、でも結婚はできないって言っていたのは、相手が男だったからね」

ぐっとお茶を飲み干して、和美はソファから立ち上がった。

「わかった。そういうことなら、今回のお見合いは強要しない。写真とつりがきはきれいなままとっておいてあるんでしょうね？　先方に返すから、汚さないでよ」

「わかっている。しかし、いいのか？」

「なにが」

「私が永輝君のことをおまえに黙っていたのは、てっきり大反対されると思っていたからなんだが」

「反対しても意味ないでしょう。兄さんは昔からこうと決めたら譲らない性格だし、そもそも、相手の性別が男だったからって、頭ごなしに否定したりなんかしないわよ。いまどき」

「でも和美は私を結婚させようとしていたじゃないか」

「そりゃ、結婚してくれた方が安心だからよ。あたしが兄さんに対して一番心配していたのは、信頼できるパートナーがいないことだった。隼人を育てていかなくちゃならないから、兄さんには支え合って慈しんでいける人が必要だと思っていたの。だから、たとえ相手が男でも、兄さんがそばにいてほしいと望んで、ともに隼人を育てていけるような人なら、あたしは反対しない」

「和美……」

　いかに兄の自分を気にかけてくれていたか、いまはじめて妹の心に触れたような気がした。ビジネス同様、プライベートもそこそこにはやっていけていると思っていたが、傍《はた》から見たら非常に危なっかしかったのかもしれない。

「それじゃあ、あたしは仕事に戻るわ。お見合いはあたしから断っておく」

「すまない」

　和美は浅野に「ごちそうさま」とお茶の礼を言い、社長室を出て行った。嵐のような一時だったが、和美と話せて良かった。そんな気持ちが顔に出ていたのか、浅野がティーカップを片付けながら、「良かったですね」と一言呟いた。

「うむ、良かった」

しみじみと頷き、佐々城は窓の外を穏やかな気持ちで眺めた。


入浴を済ませた永輝は、パジャマ一枚で二階の書斎に上がった。

もうパジャマはサイズが大きい借り物ではない。はじめてひとつのベッドで夜を過ごした翌日に、佐々城が仕事帰りに買ってきてプレゼントしてくれた。しなやかな肌触りが心地いいがシルクではなくコットン百パーセントの生地で、永輝はおおいに気に入った。

書斎のドアをノックして中に入ると、佐々城がパソコンを開いていた。

「すまない、メールチェックだけ」

「仕事？」

「いや、家政婦派遣会社からだ。来週月曜日から正式に竹中さんが復帰する。それについての雇用条件をいくつか見直したいと連絡してあったから、明日の午前中に電話で話すことになった」

「なにを見直すつもり？」

「君のことだ」

ノートパソコンをパタンと閉じて、佐々城が立ち上がった。すでに風呂を済ませている佐々城もパジャマ姿だ。歩み寄ってくる佐々城の目は、永輝しか見ていない。

「俺のことが、家政婦の雇用条件にどう関わってくるんですか？」

「大学がはじまったら、君は週末しかここに来ないつもりか？」

すでに昨日から隼人の幼稚園ははじまっている。永輝の大学ももう新入生の入学式は終わり、来週から通常の日程が開始することになっていた。

「そうなりますね。仕方がないですけど、家が遠いから、講義が終わったあと、そんなに時間がありません。でも比較的、時間に余裕がある日は来るつもりです」

曜日によっては午後の早い時間にすべての講義が終わる。そういう日は隼人を迎えに行って、この家で佐々城の帰りを待つつもりだった。

「永輝君、いっそのこと、ここでいっしょに暮らさないか？」

「えっ……」

思ってもいないことだった。だが佐々城にとっては思い付きの提案ではなかったようだ。

「今週はずっといてくれて、とても心が満たされた。隼人も喜んでいる。私はもう君がいない人生は考えられなくなっている。君はすでに気づいていると思うが、私は頑固で、こうと決めたら道を逸れることなどあり得ない。つまり、一途《いちず》なんだ」

不意打ちのように、チュッと額にキスを落とされた。じわっとそこが熱くなってくる。

「私はもう君を手放すつもりはないよ。週末しか会えないのは寂しい。ずっといっしょにいたい。ここからなら大学も近いだろう。下宿というかたちにしたらどうだ？　君にとっては通学が楽になるというメリットがある。家政婦はいままで通りに雇うが、隼人の遊び相手は君に頼みたい。もちろん君にも付き合いがあるから、帰りが夜遅くなったり週末に友達と遊びに行ったりすることがあるだろう。そういうことを禁止するつもりはない。事前に連絡してくれればＯＫだ」

すらすらと条件が出てくることが、熟考した結果としか思えない。

「竹中さんには主に掃除と洗濯、食料の買い出しと週三回ていどの炊事を頼む。君には毎日の隼人の世話と、週三回の炊事。きちんと雇用契約を結んで報酬を支払う。そのバイト代と下宿代を相殺する。君の現金負担はゼロだ」

あまりにも永輝に都合が良すぎる。永輝は週三回だけご飯の用意をし、あとは隼人と遊んでいるだけで、この広くてきれいな家に住めるわけだ。恋人の佐々城の添い寝付きで。

「私としては下宿代などいらないが、浅野に相談したらこの案を提示された。永輝君にバイト代を支払い、下宿代をもらうというかたちにした方が、君も心置きなくこの家にいられるだろうと言われた。どうだ？」

「えー……と、俺は……」

喜びよりも戸惑いの方が大きい。永輝は視線を泳がせて、即答を避けた。

「ちょっと、突然すぎて、いますぐ返事はできません。父さんと姉さんに話をしないといけないし」

「そうか、そうだな……」

佐々城は即座に永輝が頷くと思っていたのか、すこしばかりがっかりした表情になった。性急すぎる。そう簡単に「いいね！」と賛同できるわけがない。佐々城はわかっているのだろうか。この提案の意味を。

「私の気持ちは通じたのかな？」

「も、もちろん、通じています」

うんうんと頷くと、佐々城は微笑んだ。

「愛しているよ」

また額にキスをされて、きゅっと抱きしめられた。

（マジか……）

永輝は顔全体が熱くなってきて俯いた。つまり佐々城は同棲しようと言っているわけだ。そして手放す気はないと、はっきり断言された。

（ほぼプロポーズだよ、それ！）

自覚があるのかどうかあやしい。

「わかった。返事は急がない。日曜日までに考えてくれればいい」

日曜日？　明後日だ。早っ。

もっと時間をくれと言いたいところだが、明後日でも佐々城にしたら間を置いたつもりなのだろう。

本音では、いますぐ永輝が賛同して「同棲するなんて嬉しい！」と飛び上がって喜んでほしかったのだから。

嬉しくないわけではないが、永輝にとって佐々城ははじめての男の恋人で、もし同棲することになったとしたら、それもはじめての経験になる。隼人もいるのだ。表向きは下宿でも、実際には恋人としていっしょに暮らすわけだから、若干二十歳の永輝には荷が重い。

（日曜日には返事をしなくちゃならないのか……）

憂鬱なため息をつきそうになってしまい、ぐっと飲みこんだ。自分の様子を佐々城が見ていたからだ。同棲を嫌がっていると思われるのは本意ではない。いつか隼人と三人で家族のように暮らせたらという夢はあったけれど、時期尚早だと思うのだ。

でもそう言ってしまうと佐々城が「ならばいつまで待てばいい？」と怒りそうだったので、永輝は卑怯《ひきょう》だと自覚しつつも色仕掛けでいまはごまかすことにした。とりあえず問題は先延ばしにして、明日考えよう。日曜日までに覚悟が決められなかったら、父親に反対されたとでも言って断ろうとズルいことを考えた。

佐々城は鼻歌でもうたいたいほどの上機嫌でハンドルを握っていた。隣の助手席には永輝が座っている。隼人は後部座席でおとなしくしていた。

日曜日の午後、佐々城は渋る永輝を説得して車に乗せ、みんなで三澤家に向かっていた。

「佐々城さん、本当に父に下宿させたいって言うつもりですか？」

「そうだよ。大切な息子さんを預かるんだ。きちんと挨拶をしないとダメだろう？」

「俺、まだはっきり決めてなかったのに……」

永輝はほんのりと頬をピンクに染めながら、不満そうに唇を尖らせている。そんな甘えた表情を見せてくれるようになって嬉しい。

「日曜日には返事をしてほしいと言っておいたはずだが？」

「それは、聞きましたけど。でも、返事を急かしすぎじゃないですか？　もうちょっと時間をくれても……」

「何日考えても結論はそう変わらないと思う。私と隼人といっしょに暮らしたくないのか？」

「……暮らしたいです。けど」

ちらりと横目で睨んでくるが、その目元がほんのりとピンク色だ。金曜の夜と土曜の夜、二晩連続でさんざん可愛がったせいだろう。まだ体を繋げてはいないが、その他の行為はかなりこなした。本人は否定しているが、色気が流れっぱなしになっている。

「ぼく、永輝さんといっしょにくらしたいです」

後部座席から隼人が元気良く意見を述べてくる。自分の父親と家政婦代行バイトの大学生がイケナイ関係になってしまったとはまだ知らない五歳児は、単純に遊び友達が同居してくれると喜んでいるようだ。

永輝がなぜ返事を渋り、もっと時間をくれと言うのか、佐々城にはいまいち理解できていない。

これだけ愛し合っていて、体の相性もバッチリだと判明した。佐々城家には永輝が使える部屋があるし、大学が近いので通学が楽になるというメリットもある。まったく問題はないように思うのだ。

家を出発する前、しつこく永輝に問いただしたら、意外な部分で引っかかっていることが判明した。

それでも佐々城は首を捻るしかなかった。

「隼人に申し訳ないんです。佐々城さんとこういう関係になってしまって、隼人の信頼を裏切っているような罪悪感があるし、一つ屋根の下で、その……エッチするのも、ちょっと、気になるっていうか、申し訳ないっていうか……」

永輝はもじもじと手遊びをしながら、俯き加減でそう言った。

佐々城にとっては意外な告白だった。佐々城自身、まったく思ってもいないことだったからだ。

「隼人に申し訳ない？　どうして？　私と君が仲良くしていたら家の中の雰囲気は良くなるだろうし、隼人だって安心するだろう。私と君が幸せそうにしていれば、絶対に隼人の情緒に良い効果を与えると思うが？」

「それは、そうでしょうけど……」

「あと、一つ屋根の下でセックスすることを躊躇していたら、世の中の夫婦は、どこでするんだ？　わざわざ外に出てホテルにでも行くのか？　もちろん、そういう夫婦もいるだろうが、家の中に子供がいても姑《しゅうとめ》舅《しゅうと》がいても、普通にセックスするものだと思うが」

うっ、と永輝が言葉を詰まらせる。

「家の中で所構わずセックスするわけでもないのだから、そう気にすることはない。隼人にはおいおい説明していこう」

佐々城はもう腹を括っている。永輝を手放す気がない以上、隼人にはいつかカミングアウトしなければならない。隼人は聡明な性質だ。きっとわかってくれる。父親である自分が真摯に対応すれば、大きな問題にはならないのではないかと、楽観的になっていた。

「とりあえず、月曜日から下宿することに同意してほしい。大学がはじまったとたんにあまり会えなくなるのは寂しい。もしなんらかの行き違いや不満があって下宿生活を解消したくなったら、そのときは実家に戻ればいいじゃないか」

口ではそう言いながら、佐々城はもう絶対に永輝を実家に帰す気はないのだが。

「試しに一カ月ほどいっしょに暮さないか」

期間を設定すると、迷っている人間はだいたい同意に傾く。佐々城は経験で知っていた。思った通り、永輝は「じゃあ、試しに一カ月なら……」と頷いてくれたのだ。

佐々城はすぐ隼人に外出の支度をさせ、永輝も車に乗せて三澤家へと走ることにした。当座に必要なものを取りに行くためだ。そして、できれば永輝の父親に会って、「責任を持って預かります」と挨拶したい。

あと十分も走れば三澤家に着くという交差点が赤信号だった。停止線でぴたりと止めると、助手席から永輝が小声で訊ねてきた。

「ねぇ、佐々城さん」

「なんだい？」

「ひとつ確認したいんですけど……」

永輝が言いにくそうに口ごもる。

「なに？」

急かしたくはないが、聞きたいことがあるなら早く言ってほしい。信号はいつまでも赤ではない。青になってしまったら佐々城は脇見ができない。永輝の話はきちんと顔を見て聞きたかった。

「その……まさか、父親に変なこと言わないですよね？」

「変なこととは？」

「あくまでも下宿ってことなんですよね？　息子さんとデキてしまいましたとか、息子さんを嫁にくださいとか、そういうトンデモないことは言わないですよね？」

後部座席にいる隼人の耳を気にしてか、永輝は身を寄せてこそっと聞いてきた。

なるほど、永輝が考える変なこととは、そういう発言のことだったのか。

「君の許可なくカミングアウトするつもりはない。当然だろう」

「そう、そうですよね」

きっぱり言い切ったら、永輝がホッとした顔になった。

信号が青になったので車をふたたび走らせ、三澤家へと向かう。三澤工芸の駐車場に着いた。日曜日なので工房は休みで、事務所にもだれもいないようだ。三澤家の前には姉・藍のものらしいベージュ色の軽自動車と、車体に『三澤工芸』と書かれた白いワンボックスカーがとまっている。

「父さんも姉さんも家にいるみたいです……」

車を見て永輝がなぜかため息をつきながら呟く。家族が家にいてくれないと佐々城の目的のひとつ「挨拶をする」が果たせなくなる。「永輝の荷物を運び出す」というミッションについては家族がいなくてもできるが。

「三澤社長と藍さんがいてくれて良かったじゃないか」

「……まあ、そうですね……」

永輝は「ははは……」と乾いた笑いをこぼしながら車を降りた。先に立って歩いていく永輝の後ろを、佐々城は隼人と手を繋いでついていった。

玄関を開けて永輝が中に声をかける。すぐにパタパタと足音がして姉の藍が顔を出した。

「ただいまー」

「おかえりなさい、永輝。ずいぶんと長い間、佐々城さんのお宅にお世話になったのね。迷惑をおかけしていない？」

そこまで一気に弟に声をかけてから、佐々城と隼人に気づいた。

「あら、佐々城社長と隼人君……。まあ、永輝ったら、送ってきてもらったのならちゃんとそう言ってよ。失礼なことをしちゃったじゃないの」

藍は永輝を責めて、佐々城に「どうぞ、上がってください。お茶でも」と頭を下げたあと、中へ引っこんだ。たぶん三澤に知らせに行ったのだろう。

もともと上がりこんで三澤に話をするつもりだったので、佐々城は遠慮なく家の中に入った。隣接する三澤工芸の事務所にはこのあいだ入ったが、自宅ははじめてだ。永輝はこの家のことを三十年前に建てられた掘っ立て小屋みたいなものと卑下していたが、それほど安普請ではないように見える。

藍の手腕か、掃除は行き届いていて、丁寧に手入れをして暮らしているのがわかった。

「これはこれは佐々城社長、わざわざこんなところまでお越しくださって」

てっきり家の奥から出てくると思っていた三澤が、玄関から入ってきた。日曜日の午後だ、リラックスして休日を満喫していると思っていたが、作業用のつなぎを着ているところを見ると、工房で仕事をしていたらしい。

「三澤社長、日曜日に仕事ですか」

「ええ、まあ、ちょっと納期が厳しいものがありまして」

「大変ですね」

佐々城が個人的な財産を流用して三澤工芸に融資すると決めたのは先月末のことだ。まだ手続き中だが、バックにSaSaKiの社長がついたという話はすでに銀行各所に回っていて、三澤への返済要求は緩くなったと聞いている。すこしは精神的に余裕ができたのでは……と思っていたのだが、そうでもないのか。

「三澤社長、融資の件、急がせましょうか」

「いえ、予定通りでお願いします。休みの日も機械を弄っているのは、まあ、私の趣味みたいなものですから、気にしないでください。いまやっていた加工も、明日以降、ほかの職人にやってもらえば間に合う計算なんですよ」

三澤は根っからの職人なのだろう。じっとしていられないと苦笑いしている。

「佐々城さん、父が言ってるのは本当のことだから、気にしないでください。仕事が趣味みたいな人なんですから」

廊下の先で振り返った永輝が補足説明をしてくれた。なるほど、と頷き、手招きする永輝に従って居間らしき部屋に入った。六畳程度の和室だった。隅には質素なデザインのちいさな仏壇が置かれている。写真立ての中で、永輝に良く似た女性が微笑んでいた。おそらく三澤の妻だろう。

「永輝君、お母様に挨拶させてもらってもいいかな」

「えっ……してくれるんですか……？」

永輝は驚きながらも、すこし嬉しそうだった。佐々城は隼人と並んで仏壇の前に座り、静かに手を合わせる。心の中だけで「息子さんと仲良くしています。絶対に幸せにしますので見守っていてください」と話した。

振り返ると永輝がすこしだけ目を潤ませている。母親の仏壇に手を合わせたことがプフスに働いたようだ。佐々城としては愛する人の母親なのだから、点数稼ぎのつもりはなかったのだが、結果的にそうなってしまった。

「佐々城社長、どうぞ」

藍がお茶を運んできた。黒い座卓をみんなで囲む。適温のお茶をいただいたあと、佐々城はおもむろに切り出した。

「今日、お伺いしたのは、永輝君のことです」

佐々城の右側に永輝、左側には隼人が座り、正面に三澤がいて藍は斜め前にいる。まっすぐに三澤を見つめて、重大な商談よりも気合いを入れた。

「永輝君を私の家に下宿させようと思うのですが、どうでしょう」

「えっ？　下宿、ですか？」

想像通り、三澤と藍が驚いている。右側にいる永輝が緊張しているのが伝わってきた。なにをそんなに固くなっているのだろうか。自分に任せてくれたら、なんの問題もない。

「休養していた家政婦が明日の月曜日から復帰することになっています。永輝君の大学もはじまりますし、本当なら今日まで、ということになっていましたが、息子の隼人がとても懐いていて離れがたいようです。私としても、これからも永輝君にたびたび来てもらいたいと思っていました。ですが、よく考えてみたら、私の家からの方がここからよりも大学に近い。私の家には下宿可能な部屋がある。

下宿してくれたら隼人は嬉しい。一石二鳥どころか一石三鳥になります」

「ですが、そこまで佐々城社長のお世話になるわけには……」

「お世話になるのは私の方ですよ、三澤社長」

佐々城はビジネス用の笑顔を三澤の反論に被せた。

「こちらは隼人の世話と簡単な家事を引き続き永輝君に頼むつもりです。家政婦は復帰しますが、仕事はいままでの半分程度にしてもらいます。そうすると家政婦に払う報酬は単純に半分になるわけです。その分を永輝君にバイト代として支払います。きちんと雇用契約を結びます」

「学業と両立させるということですか。ですが下宿代は……」

「こちらが支払うバイト代と相殺になるくらいの金額に設定します。つまり、下宿に関して、永輝君の金銭的負担はゼロです。どうですか。永輝君が来てくれれば、私と隼人は助かる、永輝君も通学が楽になって助かる。下宿代はゼロなわけですから、三澤社長は実質、仕送りをしなくてもいい。永輝君はもう二十歳です。実家を出るのに最適なタイミングだとは思いませんか。みんなが得をするというわけですよ」

ここまですでに考えているんだぞ、という意味で、立て板に水のごとく、佐々城はよどみなく説明した。佐々城は胸の前で腕を組み、「うーむ……」と考えこんでいる。藍の表情を見ると明るかったので、賛成してくれているのかもしれない。

「永輝、おまえはそれでいいのか？」

父親に問われて、永輝が「うん……」と頷いた。

「ありがたい話だと思う。実際、ここから大学まで遠くて、大変なんだ。定期代もわりとかかるし。俺にとって家事はそんなに大変な労働じゃないから、ストレスはないんだ。それに細かいところはプロの家政婦がやってくれるっていうから。もともと俺は、大学がはじまってても時々は隼人の顔を見に行くつもりだったんだ。隼人のこと、すごく可愛くなっちゃったし」

佐々城越しに永輝と隼人が顔を見合わせ、にこっと微笑み合った。そのあと、永輝は佐々城の顔を見て、なにも言わずに瞳を潤ませた。愛情をひしひしと感じるまなざしだった。二人の熱い夜が、一気に脳裏によみがえってくる。

汗ばんだ肌を重ねて熱い吐息を交換した。ベッドの上でしなやかに体をくねらせる永輝は、気持ちいい、もう死んじゃう、と息も絶え絶えに悶《もだ》え、壮絶に色っぽかった。

コツン、と湯呑を茶托《ちゃたく》に置いた音で、佐々城はハッと我に返った。あやうく永輝にキスをしてしまうところだった。音を立てたのは三澤だ。澄ました顔を取り繕いながらも内心では冷や汗をかいている佐々城に、じっと冷静な目を向けてくる。

ベテラン刑事が容疑者を自白させるとき、こういう目をするのではないだろうか。

佐々城はこころもち視線を斜めに逸らした。三澤と見つめ合うことがストレスになりつつあったからだ。永輝の意思もあって、すぐにはカミングアウトしないと車の中で言ったばかりだが、なんだか得体のしれないものが天井からミシミシと音をたてて圧し掛かってくるようなないような……。

「……佐々城社長……」

「はい……」

「なにか、言うことがあるんじゃないですか？」

うっ、と言葉に詰まる。隣の永輝が「なに言ってんの、父さん」と焦った声を出した。

「下宿の話をしに来ただけなんだから、ほかに、言うことなんか、なななな、なにもないよっ」

永輝の声が上ずっていた。完全に動揺している。

三澤は父親の勘というもので、永輝と佐々城の関係の変化を察したのかもしれない。ここで黙ってやり過ごしても、良いことはなにもないように思う。佐々城はもう三十五歳のいい年をした大人の男だ。責任ある立場にもいる。

世間には、すべてをつまびらかにする必要はないことだってあると知っているが、なによりも永輝のことだ。三澤は永輝の父親だ。あくまでも真摯であるべきかもしれない。

（よし、ここは覚悟を決めよう）

毅然《きぜん》として顔を上げた佐々城は、素早く座布団から降りて、両手を畳につけた。

「さ、佐々城さんっ？」

永輝がギョッとして佐々城の手を上げさせようとしたが、佐々城は動かなかった。ガバッと頭を下げる。日本人の伝統文化である、土下座。はじめての経験だったが、屈辱でもなんでもなかった。永輝への愛を貫くためなら、父親に頭を下げることくらい、たいしたことではない。佐々城のプライド

は、こんなことでは一ミリたりとも傷つかなかった。

「三澤社長、申し訳ありません。私は先日の発言を撤回します」

「撤回？　どの発言のことだ？」

「私が永輝君を恋愛対象として見たことは一度としてないので、ご安心くださいと断言したことです。あのときは自覚していませんでしたが、すでに好きになっていたことに、あとになってから気づきました。申し訳ありません」

畳に額を擦りつけるほど、深々と頭を下げた。永輝が「な、なに言ってんの、佐々城さん」と背中を叩いてきた。

「違う、違うんだ、佐々城さんはちょっとした冗談を言っているだけで、そんなこと、あるわけないから！」

「息子はそう言っているが、どうなんだ、佐々城社長」

佐々城は顔を上げ、まっすぐ三澤を見た。

「私は永輝君を愛しています」

「佐々城さん………」

茫然としている永輝を振り返り、「ごめん、言ってしまった」と謝る。今日は下宿の話をするだけと約束しておきながら、父親の威厳を惜しみなく放射する三澤に負けて、みずから暴露してしまった。

三澤はため息をつき、首をゆらゆらと振った。

「どうせそんなことだろうと思ってた。このあいだ来たときとは、あんたたちの雰囲気が明らかに変わっていたからな。男同士のなにがいいんだか、俺にはちっともわからないが……佐々城社長、あんたは結婚していたことがあって、そこに息子もいるじゃないか。どうしていまさら永輝なんだ。もしかして本当はホモで、それを隠して女と結婚したのか？　うちの藍と見合いをしたのは、世間体のためだったのか？」

聞かれて当然のことだったので、佐々城は丁寧に答えた。

「同性を好きになったのは永輝君がはじめてです。藍さんと見合いをした時点では、同性を愛する可能性はまったくありませんでした。たまたま永輝君と出会い、永輝君の人柄に触れて、すこしずつ惹かれていき、いつしか深く愛するようになりました」

三澤はちらりと永輝にも視線を向け、無言で「なにか言え」と迫っている。永輝は目を泳がせながら、もじもじと両手を膝の上で動かした。

「えー……と、俺も、その、佐々城さんが好きで……まさか気持ちが通じるとは思っていなかったから、ラッキーだったというか、なんというか……。すごく、いま幸せなんだ……」

「つまり、下宿だなんだと言っているが、実質は同棲なのか」

三澤がドきっぱりと言い切った。佐々城と永輝は揃って「うっ」と喉を詰まらせる。そっと永輝を窺えば、不安そうな顔をしているように見えた。どうすればいいのかわからないのだろう。恋人である自分が不甲斐《ふがい》ないからだ。

唯一無二の恋人にこんな顔をさせていいわけがない。男として、永輝の恋人として、腹を括ったのだから、ここはバシッと決めなければ。

「三澤社長、いえ、お義父《とう》さん、永輝君を私にください！　絶対に幸せにします！」

腹から声を出して、ふたたびの土下座。きっちり五秒、額を畳につけるほど頭を下げてから、ふんっ、と鼻息荒く顔を上げる。三澤は茫然としていた。藍も同様だ。なぜか永輝も。

隼人だけはニコニコと嬉しそうに笑っている。父親がなにを言ったのか、深い意味はわかっていないからだろう。ただ永輝がいっしょに暮らすことになりそうだという、その一点のみ理解して、喜んでいるのだ。

「だれが『お義父さん』だ、バカ野郎……」

座卓越しに黒々としたオーラと圧を感じた。三澤が顔を真っ赤にしてわなわなと震えている。

「俺はあんたみたいな老けた息子を持った覚えはないっ！」

ドッカーンと雷が落ちたような怒号だった。隼人が思わず両手で耳を塞いだくらいだ。

「ふざけんな、この野郎、俺はエロ惚《ぼ》け社長に差し出すために息子を育ててきたわけじゃない！　家政婦の真似事をさせたのだってバイトだと思って許したんだ。それを、なんだ、愛してしまっただ？　俺をバカにしてんのか、ああ？」

三澤は立ち上がり、まだ畳に両手をついたままの佐々城を睨み下ろしてきた。迫力はすごいが、佐々城はこれしきで怯《ひる》むほど軟弱ではない。御曹司ではあっても、これまで数々の修羅場を潜《くぐ》り抜けてきたのだ。そもそも神経が細くなかった。

「お義父さん、バカにしているだなんて、とんでもない。私はあなたを尊敬しています。奥様を亡くされてから大変だったでしょうに、こうして二人のお子さんを立派に育て上げた。それだけでもすごいことなのに、会社を経営してきた。三澤工芸は、業界では信頼度ナンバーワンです。おなじ経営者として、頭が下がる思いです」

「うわべだけのおべんちゃらなんかいらねぇよ。おなじ経営者ってなんだ。大企業のSaSaKiとうちみたいな零細企業を比べるなよ。あんた、うちに融資したから息子をもらっていってもいいなんて、簡単に考えているんじゃないだろうな。俺はたしかに藍とあんたの見合いを画策した。でもそれだって借金のカタに娘を差し出そうとしてのことじゃない。借金で首が回らなくなって、極貧生活をするかもしれないから、その前に娘だけでも結婚させてここから遠ざけようとしただけだ」

「わかっています。私は融資の条件を永輝君にしようだなんて、カケラも考えていません。それとこれとは切り離して考えてください」

「本当にそうなんだろうな？」

「本当にそうです」

佐々城が完全に否定すると、三澤が恐ろしいほどの渋面をしながらも黙った。どうやら納得してくれたようだ。永輝との交際を許してくれたと思っていいだろうか。

「それでは、お義父さん、これからもよろしくお願いします。永輝君を大切にしますので、明日から私の家に――」

「俺は許したとは言ってないっ！」

「えっ……」

「そこで驚くな。当然だろ、どこに息子をくださいなんてふざけたことを言ってきた男にあっさり頷く親がいるんだ！」

「お義父さんが第一号になればよろしいかと」

「だから、ふざけんなって言ってるだろう！」

「ふざけているつもりはまったくありません」

真面目に話しているつもりだが、三澤はどんどん激高していく。不思議な現象が起きていた。

「あのー……」

永輝が遠慮がちに挙手してきた。

「父さん、佐々城さんはふざけていないと思うよ。こういう人だからさ」

「…………」

三澤は一気に疲れたような表情になった。眉間の皺が深い。日曜日まで仕事をしているから疲労が蓄積するのではないだろうか。

「とりあえず、俺は明日からしばらく佐々城さんの家に居候することに決めたから。父さんが反対しても、行くからね」

「…………もう、好きにしろ」

「うん」

永輝が立ち上がった。佐々城と隼人も立つようにと促され、揃って座敷を出る。

「車で待っててください。荷物をまとめたらすぐに行きます」

「運び出すのを手伝おうか？」

「たいした量じゃないからいいです。とりあえず大学で必要なものと、春物の服を何点かだけ持っていきます。いつでも取りに来られるから」

それもそうだ。永輝は勘当されたわけではない。この家に自由に出入りできる。

「お邪魔しました」

玄関まで見送りに来てくれた藍に頭を下げ、隼人と二人で車の中で待った。隼人は三澤の怒鳴り声に怯《おび》えることなく、ご機嫌になっている。我が息子ながら神経が太いなと、佐々城は感心した。

「永輝さん、うちにずっと住むの？」

「できたらずっといてほしいと思っているよ」

「ぼく、良い子にしているから、ずっといてほしいな。永輝さんがつくるみたらしだんご、すごくおいしいの。ボール遊びもしてくれるし」

「隼人は永輝君が好きか？」

「大好き。ミドリ先生よりも好き」

ポッと頬を赤らめながら、隼人がそんなことを言った。佐々城は一抹の不安に駆られる。もしかして、親子で人間の趣味が似ているのだろうか。十年後、隼人が永輝に愛を告白したらどうしよう。永輝が隼人に靡《なび》くとは思えないが、佐々城とうまくいっていなかったら、よろめくかもしれない。よく考えれば、永輝と隼人は十五歳の年の差だ。佐々城と永輝も十五歳差。おなじ——。

「お待たせしましたー」

永輝が大きなスポーツバッグを斜め掛けして、さらにダンボール箱をひとつ抱えて玄関から出てきた。佐々城が座る運転席の窓をコンコンと叩く。

「トランクを開けてくれませんか？」

「永輝君、どうしよう！」

「は？」

車から飛び出して永輝に訴えた佐々城は、思い切り怪訝《けげん》そうな顔をされてしまった。

「どうしたんですか？」

「隼人が、君のことをミドリ先生より大好きだと言った」

「えーっ、嬉しい。ミドリ先生に勝っちゃった。俺も隼人のこと大好きです。佐々城さん、トランク開けてくださいってば」

「ああ、すまない」

佐々城は車のトランクを開けて永輝が荷物を積むのを手伝った。

「隼人の発言のなにが『どうしよう！』なんですか？」

「十年後に私のライバルになったらどうしようと……」

「はぁ？」

目を丸くして永輝が佐々城をまじまじと見つめてきた。しばらく佐々城の顔を無言で凝視したあと、盛大なため息をつく。

「マジで言ってんですか？　もう……バカですねぇ」

「私がバカなのか？」

「あのね、十年後、俺はアラサーです。隼人は十五歳の中三か高一。もし隼人がゲイだったとしても、あり得ません。アラサーのおじさんなんか見向きもしませんって。第一、自分の父親の彼氏ですよ。そんなことあるわけないじゃないですか」

「どうしてそう言い切れる？　私と隼人は親子だ。好みが似ているかもしれない！」

「あーはいはい、そうですね」

「永輝君、私は真剣に――」

「佐々城さん、とりあえず車に乗って、家に帰りましょうよ」

「話を逸らすのか？」

「だってあり得ないんですもん。隼人、お待たせー」

永輝は聞く耳を持たず、さっさと助手席に乗りこんでしまった。佐々城も仕方なく、運転席に戻る。

発進させようしたら、バックミラーに藍の姿がうつった。玄関から出てきて手を振っている。

「永輝君、藍さんだ」

「あ、ホントだ……」

永輝が窓を開けて身を乗り出し、藍に向かって大きく手を振った。三澤の姿はないが、家のどこかからこちらの様子を窺っているかもしれない。

「藍さんは応援してくれるだろうか」

「味方になってくれるみたいですよ。さっき『家のことは気にしないで、好きにしていいからね』って言ってくれました。どうも健也とうまくいきそうです。健也っていうのが、姉さんの相手なんです」

「結婚するのか？」

「すると思いますよ。健也は真面目で姉さんに心底惚れてるんです。幼馴染みで、地元の酒屋の息子なんですけどね。俺と張り合うくらい手先が不器用で、婿養子になっても工房の跡継ぎにはなれそうにないからって、ずっと二の足踏んでたんですけど、姉さんが見合いしたってことをどこかから聞いたみたいで、慌てて連絡取ってきたらしいです。ここんとこ、頻繁に会ってるって、姉さんが嬉しそうに話してました」

良かった……と、永輝がしみじみと語る。藍が幸せになってくれるなら、佐々城も喜ばしい。

今日は予定にないカミングアウトをかましたり土下座したりと一波乱あったが、こうして永輝を連れて帰ることができて、佐々城は満ち足りた気分だった。

助手席に座る永輝を、赤信号で止まった隙に見つめる。

「なんですか？」

視線を感じて照れたように睨んでくる永輝が、食べてしまいたいくらいに可愛かった。

(今夜、また美味しくいただこう)

勝手にそう決めた佐々城だった。

◇

大学からまっすぐ佐々城家に帰り、永輝は「ただいま」と声をかけながら玄関に入った。

「おかえりなさい、永輝さん」

奥からシンプルな白いエプロンをつけた竹中がやってくる。ホテルから病院に直行し、しばらく入院治療したあとは自宅療養していた竹中は、ものすごく能力の高い家政婦で、リベラルな考え方をする人だった。佐々城がこの一カ月強で起こった出来事をかいつまんで説明し、永輝が同居することになったと話したら、あっさりと受け入れてくれた。

「野菜の下ごしらえはしておきました。あと十五分ほどで乾燥機が止まりますから、取り出してたたんでおいてくれますか？」

「はい、わかりました」

永輝とバトンタッチをして竹中は帰る。夕食のメニューは竹中が決めて食材を買っておき、あとは仕上げるだけという段階までやっておいてくれる。洗濯と掃除もだいたいはやってくれるので、永輝はかなり楽をさせてもらっていた。

楽すぎて恐縮した永輝に、竹中は「隼人さんを上手に遊ばせてくれるのは永輝さんだけです。それってすごい能力ですよ」と笑ってくれた。永輝にとって隼人は良い子で可愛くて、みんながどうしてそれほど世話をするのが大変だと口を揃えて言うのかわからないくらいだ。そう言うと、竹中は「よほど相性がいいんですね」とまた笑った。

「お疲れさまでした」

竹中を見送ってから、カバンを二階の部屋に置いて、洗濯室に足を向けた。あと数分で乾燥機が止まるようだ。キッチンに行ってみれば、たしかに野菜の下ごしらえがしてある。味をしみこませるためか、タケノコの煮物はすでに完成していた。

「うわぁ、あいかわらず完璧」

ちょっとだけ味見をしてみたら、抜群に美味い。さすが竹中さん、と感心しながら隼人のおやつを確認する。今日はラスクが用意されていた。これも竹中の手作りらしい。レベルの差を実感するが、とくに対抗意識は芽生えなかった。竹中が自分の母親と同年代だからだろうか。

それよりも、佐々城と隼人はよく永輝の家事に文句を言わなかったなと、苦笑いしてしまう。竹中の完璧家事に慣れていたら、永輝のなんちゃって家事レベルなんて我慢できなかったのではないだろうか。しかし二人ともなにも言わなかった。竹中が言うように、隼人の面倒を見ていたからＯＫだったのかもしれないが。

洗濯室の方でピーピーと電子音がした。乾燥が終わったようだ。永輝は中の洗濯物を全部出し、丁寧にたたんだ。そのあと、隼人のお迎えに行く。佐々城家から二キロほどの距離にある私立幼稚園までは、徒歩で行っている。手を繋いでお喋りしながらの帰り道は楽しい。

佐々城には近いうちに小回りのきく軽自動車を一台購入すると言われていた。永輝用らしい。車を買ってもらうなんて、と固辞したが、佐々城は聞かなかった。

「君はなにもねだってくれない。私になにか贈らせてくれ。ダイヤの指輪に比べたら、軽自動車なんて安いものだ」

たしかにそうかもしれないが、そういう発言がぺろっと出てしまうところが根っからのセレブだ。

当初、佐々城は永輝のために超がつく高級車を買おうと考えたが――自分の車は国内メーカーのハイブリット車で中の上ランクなのに――浅野に止められたそうだ。そんな車はきっと乗りにくいと。グッジョブ。さすがベテラン秘書。

結局、今度の休みにみんなで販売店まで車を見に行くことになってしまった。

問題はまだある。永輝はペーパードライバーだ。大学生になったばかりの夏休みに、合宿で自動車免許を取得した。持っていた方が家業を手伝えるだろうし、微妙に田舎の地元では車が転がせると便利だからだ。だが、ほとんど運転していない。そのため運転には自信がなかった。

「大丈夫、練習すれば勘は戻るから」

佐々城は励ますようにそう言ってくれた。まずは練習、ということになるだろう。佐々城が付き合ってくれるみたいなので、心強い。

永輝は時計を見て時間を確認し、隼人の幼稚園へ向かうことにした。春めいた陽気の中、ぶらぶらと住宅街を歩いて行く。すっかり見慣れた街並みだ。しばらく歩けば、幼稚園の可愛い看板が見えてくる。ほかの園児の保護者もたくさん門のまわりに集まってきていた。顔見知りになったお母さんたちに声をかけられながら、永輝も門に近づく。門の内側にいる先生が永輝に気づいた。

「こんにちは、隼人君のお迎えですね。もうすぐ来ますので」

言葉通り、クラス担任のミドリ先生が隼人を連れてやってきた。ミドリ先生はすらりと細身の溌剌とした美人だ。

「永輝さん！」

今日も元気な隼人と笑顔で手を振ってくる。幼稚園の紺色のブレザーと帽子がこんなに似合う五歳児はほかにいないだろう。ミドリ先生が「今日はたくさん歌をうたいました」と一日の様子をかいつまんで話してくれる。四月下旬のゴールデンウィークの前に園内の音楽発表会が予定されていて、隼人のクラスは合唱をすると聞いていた。

「隼人君はとても歌が上手なんですよ。ぜひお父様といっしょに見に来てください」

「もちろん、来ます」

その日は空けてある。佐々城だってそうだろう。いまから楽しみで仕方がなかった。

「先生、さようなら」

「また明日ね」

ミドリ先生に見送られ、隼人と手を繋いで帰路につく。歩きながら、隼人は歌を披露してくれた。ミドリ先生が褒めてくれた通り、なかなか音程がしっかりしている。サッカーをやらせても上手いし、歌までうたえるなんて、隼人は万能だなと、永輝は誇らしかった。

家に帰ってからは、竹中が用意しておいてくれたおやつを食べた。庭ですこしボール遊びをしてから、日課になっている漢字ドリルを隼人にやらせる。そのあいだ、永輝もレポートの資料になる本を読んだ。日が暮れてから、隼人と二人で夕食をとる。その後、隼人をお風呂に入れ、永輝も入った。そろそろ歯磨きをさせようかな、というときに、佐々城が帰ってきた。

玄関の鍵が外から開けられる音に、隼人が敏感に反応する。リビングを飛び出して廊下を走っていく隼人を、永輝も追いかけた。

「ただいま」

今朝見送ったときとおなじスーツを着た佐々城が、鷹揚な笑みを浮かべて隼人を見る。

「おかえりなさい、お父さん」

「おかえり、博憲さん」

まだ名前を呼ぶのには抵抗がある。だがいつまでも名字呼びでは他人行儀すぎると佐々城に意見され、頑張って名前で呼ぶことになった。照れて俯く永輝に、佐々城が「良くできました」と言わんばかりに頷く。

「隼人、三秒だけ目を閉じていてくれないか」

「どうして？」

「どうしても。私からのささやかなお願いだ」

「はーい」

ん、と隼人が目を閉じた隙に、佐々城が強引にキスをしてきた。こんなところで、と永輝が驚いているあいだに、隼人が「いち、に、さん」と数え終わる。すると佐々城がすかさず「あと五秒、頼む」と追加した。佐々城の腕が腰を抱いてくる。

「ちょっ、博憲さんっ」

「いいから」

なにがいいからなのか。困ったなと思いながらも、こんなふうにされて嬉しくないはずがない。隼人が五つ数えるあいだの悪戯《いたずら》のようなキスに、永輝はこのうえなく幸せを感じたのだった。

それから――

「もう、いい頃合いだと思うのだが」

ベッドの端に腰かけ、佐々城が真剣な顔で言い出した。

仕事から帰ってきたときから、佐々城は今夜を特別な時間にすると決めている空気をバンバン出してきていた。明日は土曜日。佐々城は休みだ。同居してから約一カ月たつ。準備はもうじゅうぶんだとわかっている。そろそろかな、と永輝も思っていたので、恥ずかしかったが「そうですね」と頷いた。佐々城の目がパッと明るくなる。

「そうか、君もそう思ってくれていたか。では、さっそく挑戦してみよう」

佐々城がベッドサイドのチェストから取り出したのは、潤滑剤のボトルとコンドーム。

きちんと並べられるとやはり恥ずかしくて、永輝はじわりと俯く。できれば佐々城には、はじまってからさりげなく取り出して使用してほしいのだが、そういった情緒というものが欠落しているのか、「さあ、やるぞ」と態勢を整えてから挑むタイプらしくて、購入した日から毎晩、手に取りやすいように並べられてしまっている。

この一カ月、永輝は連日、佐々城に主寝室のベッドに引っ張りこまれていた。客間のベッドをまったく使用していない。それに隼人が気づいているかどうかは、本人に聞いていないのでわからないが、気づかれていないとしても、家の中でそういう雰囲気を隠そうとしない佐々城のせいで、バレるのは時間の問題だろう。

今夜、いよいよアナルセックスに挑戦することとなり、バレる日は近いと思われる。というより、明日の朝、永輝はどんな顔をして隼人に会えばいいのかわからなかった。でも佐々城が最後までやりたいと思う気持ちはわかるし、永輝だって大好きな佐々城と体を繋げたらいったいどんなふうになるのか試してみたくてたまらない。

潤滑剤やコンドームなどの必要な物品は、すべて佐々城がインターネットで取り寄せた。はじめての夜が明けてから、佐々城はネットでいろいろと調べたらしい。即日便を頼み、留守番の永輝に「荷物が届くから」とだけ告げて仕事に行った。ダンボール箱を受け取った永輝は勝手に中身を見るような非常識なことはせず、帰宅した佐々城に渡した。隼人が寝たあとで開封された箱の中には、さまざまなアダルトグッズがぎっしりと入っていた——というわけだ。

「私は君と深いところで繋がりたい。アナルセックスが一般的ではなく、ゲイのカップルがかならずしもする行為ではないと知っているが、それでも私は君のすべてを知りたいと思う。これらのグッズを使って、すこしずつ慣らしていってくれないだろうか。もちろん私も協力する」

届いたばかりの卑猥《ひわい》なパッケージのグッズを前に、佐々城は大真面目でそう話した。

「もちろん、君がどうしても嫌ならば、拒絶してくれて構わない。それで私が君を嫌いになることはありえないから、安心してくれ」

と言いつつ、佐々城の顔にははっきりと「やりたい」と書かれていた。

こんなに早くグッズを取り寄せたのには驚いたが、行為自体に拒絶感はない。たぶん、慣らしていけばできると思う。指を入れられただけで、あれほど感じたのだ。大好きな人と体を繋げることができたら、どれほどの喜びになるだろう。

それで毎晩、二人は共同研究に励んできた。やっていることは永輝の訓練なのだが、気持ちは二人でおなじ目標を掲げた研究だ。念入りにそこを洗うことからはじまり、潤滑剤を使っての拡張、異物の挿入――と、言葉だけならあっさりした印象ではあるが、なかなかに大変な研究だった。

まず永輝が、佐々城の前でM字開脚するのが大変なのだ。恥ずかしくてなかなかできない。泌尿器科、あるいは肛門《こうもん》科での診察ならばなんとかできるだろうが、相手は大好きな佐々城だ。羞恥心が抑えられずに真っ赤になって涙目でおずおずと足を開いていると、どうしても佐々城が「なんて色気だ。私を誘っているのかっ?」と興奮してしまい、ガバッとばかりに覆いかぶさってきて濃厚なキスをしながら手コキでフィニッシュ、ということになってしまう。

まあでも、一回出しておいてからの方が落ち着いて研究できるだろうと、気を取り直してまたはじめるわけだが、どうやらそこが感じる性質らしい永輝が潤滑剤でぬるぬるにされる段階で激しく勃起し、指を入れられ、さらに初心者用の細めのディルドにシフトしてあんあん悶えていると、またもや佐々城が大興奮して――の、繰り返しになってしまう。

それでもなんとかそういうことを繰り返して、永輝の体を慣らしていった。

「永輝君……」

佐々城と並んでベッドに腰かける。ごく自然にキスをした。もうキスは数え切れないほどしている。そのたびにいとしさが増していくような気がした。ついばむような戯れのキスをしたあと、ゆったりと唇を重ねて、舌をまさぐり合う。

「んっ、ん………」

永輝はすぐに夢中になった。佐々城の唇は気持ちいい。舌の柔らかさも好きだ。キスが、こんなにも飽きずに延々とできるものだなんて、永輝は知らなかった。

キスだけでじょじょに体が熱くなってくる。パジャマの上着の裾から佐々城の手が入ってきて、素肌を撫でられた。これからなにをされるか、体がもう覚えている。腹から脇腹へと佐々城のてのひらが滑っていったあと、だいたい指先で乳首を摘《つま》まれるのだ。期待だけで乳首がきゅっと尖るのがわかった。

「あっ……」

予想通りに乳首を痛いくらいに摘まれて、じん……と痺れるような快感が広がった。もうここがスイッチのようなものだ。両方の乳首を弄られると声が止まらなくなる。

「あ、あ、あ、あんっ」

ベッドに押し倒され、パジャマのボタンをすべて外された。

「あーっ、あっ、博憲さ、あぅっ」

片方の乳首を舐められて、もう片方を指で押しつぶされた。一気に股間が熱を孕んだのがわかる。まだ下半身は脱がされていないので窮屈だ。もじもじと両足を擦り合わせていたら、佐々城が気づいて膨らんだ股間をするっと撫でてきた。思わず息をのむほどに感じた。

「もう、こんなになってる。永輝君、そんなに乳首が感じるんだ？」

知っているくせに、佐々城はそんな意地悪な質問をするようになった。大人の男の色気が垂れ流し状態だ。オレンジ色の間接照明がを々城のちょっと悪戯っぽい笑みを照らしている。ベッドでしか見せない、そんな表情に、永輝はぞくぞくしてしまう。

「か、感じます、恥ずかしいけど……」

「どうして恥ずかしいんだ？　良いことじゃないか。ほら、こうすると」

「あんっ」

乳首をきゅっと摘まれて、永輝は背筋をのけ反らせる。もう敏感になっているせいで、快感がびりびりと電流のように背筋を駆け抜けた。

「君はきれいだ。可愛い。私なんかの拙い愛撫でとても感じてくれて、嬉しいよ」

「あ、もうっ、あっ、んっ」

魅惑の低音ボイス（永輝にとっては）で囁かれながら乳首を弄《いじ》られたら、永輝はもう悶えることしかできない。もどかしくて腰を振ると、下着の中で勃起した性器がぬるりと滑ったのがわかった。もう濡れているのだ。

「の、博憲さん、脱いで、いい？　もう、汚れちゃう……」

パジャマのズボンに手をかけたら、「脱がすのは私の役目だ」なんて言われて両手を外された。佐々城に下半身を露わにされ、さらに息がかかるほどの至近距離で凝視されると、もう我慢なんかできなくなってしまう。まだ直接触られてもいないのに、いきたくてたまらない。

「博憲さん、お願い、もういきたい」

「まだダメだよ。ほら、足を開いて」

後ろを解すためにそう命じられて、永輝はおずおずと足を広げた。膝裏に手をひっかけて、自分で足を引き寄せる。みっともないポーズだが、それが一番やりやすいらしい。佐々城が。

「良い子だね、よく見えるよ」

尻をするりと撫でられて褒められても、永輝はそれどころではない。行き場のない射精感をどうにかしてほしくて、じれったくて「早く」なんて佐々城を催促した。

佐々城は潤滑剤のボトルを手に取り、右手にたっぷりと垂らした。それを永輝の下腹部へと持っていく。

「あっ…………」

破裂寸前の性器をぬるつく手でぐちゅりと握られ、びくんと腰を揺らした。

「まだだよ」

性器の根元をもう片方の手でぐっと押さえられた。痛いけれど気持ちいい。ぬるぬるの手はさらに陰嚢も握った。股間全体が潤滑剤で濡らされて、いやらしく照明を反射している。佐々城の右手はもっと下へと滑っていき、後ろの窄《すぼ》まりに到達すると、優しくこじ開けてきた。

「あっ、ん……………」

もう指一本なら抵抗なく入る。二本までならすぐでも平気。三本入れるのはちょっと慣らしてから。佐々城に射精を止められながら、後ろも解される。恥ずかしく思いながらもすべてをさらけ出すことができるのは、佐々城を心から信用しているからだ。

短い期間ながらも、佐々城はどんな永輝を見ても引かなかった。それどころか好きになってくれた。これからもきっと、どんな永輝を見ても可愛がってくれるだろう。そう思える。

「永輝君、ずいぶん、ここが柔らかくなったね。指が、ほら……もう三本だ……素晴らしい……」

成人男性の指三本分はかなり太い。それがわりとすんなり挿入できるようになった。というより、奥へと誘いこむように蠕動《ぜんどう》している。もうぐずぐずに蕩《とろ》けて感じてしまっていて、永輝の性器はまったく萎えていなかった。根元を押さえていないとあっという間にいってしまうくらいに。

「永輝君………そろそろ、いいかな……？」

訊ねる佐々城の声が上ずっている。頬を火照らせながらちらりと視線をやれば、佐々城の股間には立派なテントが張られていた。昨夜までの流れからすれば、ずいぶんと頑張《がんば》って我慢した。そろそろヤバいくらいに勃起してしまっているようだ。

「……はい、来てください……」

いよいよだと覚悟をして、永輝は頷いた。佐々城がパジャマのズボンを脱ぐ。飛び出すようにして露わになった性器は、もう先走りでぬらついていて、十代のように反り返っていた。思わず「わぁ」と感嘆してしまうくらいだ。

「永輝君、愛しているよ」

真顔で囁きながら佐々城が伸《の》しかかってくる。永輝は自分で両足を開いたまま、指が抜かれたそこに熱いものが押しつけられるのを感じた。

（……あれ……？　ゴム、つけた？）

ちらりと横目でサイドチェストを見遣ったが、ベッドに横になった角度からはよく見えなかった。もしかしたら素早く装着したのかもしれない、と思いながら真剣な表情で挿入を試みている佐々城を見上げる。

「んっ……」

じりじりと広げられて、指よりも質量の大きなものが押し入ってきた。力まないように、できるだけそこを開くイメージを保ちつつ、必死になって膝裏を手で持ち続けた。佐々城の性器は、指三本よりもずっとずっと太くて長い。そして熱い。灼熱《しゃくねつ》の棍棒《こんぼう》を無理やり突っこまれているような痛みに、快感なんか吹き飛んでいた。永輝の性器はすっかり萎えている。

「永輝君、すまない。辛いか？　どうやら私は下手らしい」

額に汗を浮かべた佐々城が永輝の状態に気づき、申し訳なさそうに、潤滑剤でぬるぬるになっている性器を優しく扱《しご》いてくれた。

「あっ……ん…………」

馴染みの快感が復活して、ふっと全身から力が抜けた。いつの間にか緊張して力んでしまっていたようだ。すると佐々城のものを受け入れた場所の痛みが緩和された。動きやすくなったのか、佐々城が小刻みに腰を前後させながら奥へと進んでくる。

「入った……」

ひとつ息をついて、佐々城がホッとしたように呟いた。全部入ったようだ。じんじんと疼くような痛みと、性器を直接愛撫される心地よさが複雑に絡み合って、永輝の体をいっぱいにしている。余裕なんかカケラもなくて、なにか言おうにも言えない。

「ありがとう、永輝君。私は幸せ者だ」

滲むような笑みを浮かべた佐々城を、永輝もいとしいと思う。ありがとうと言いたい。けれどうまく声が出せなくて、頷くだけしかできなかった。

やっと膝裏から手を離していいと言ってもらい、佐々城の腕に縋りついた。その代わり足は佐々城に担ぎ上げられて、またもやあられもない体位に変化させられる。佐々城からは結合部がばっちり見えるのでは、と焦ったが、ゆったりと動きはじめられてそれどころではなくなった。

「あっ、あっ」

いきなり内部の感じるところをごりごりと擦られて、痛みが嘘のように消えていく。

「ああっ、やだ、あーっ」

ぐっと奥を突き上げられて、ぶわっと涙が溢れた。あまりの快感に涙腺が壊れたのか、悲しくもないのにぽろぽろと涙がこめかみを伝って落ちる。涙の膜越しに、佐々城が獣のようなギラつく目で自分を凝視していた。そのまなざしにぞくぞくする。

「ああ、素晴らしい……。永輝君、永輝……っ」

「あ、あ、あ………あーっ……！」

唐突に絶頂が訪れた。がくんとエビのようにのけ反った永輝は、体液を撒《ま》き散らしながら腰を振った。ぎゅっと体内の佐々城を絞り上げたのがわかる。

「くっ……！」

佐々城の食いしばった口から呻き声が漏れたと同時に、体の奥でなにかが弾けた。どくんどくんと熱いものが注ぎこまれる。喘ぎながらあまりの快感に茫然と涙を流していた永輝は、頭の隅っこで「やっぱりゴムしてない……」と佐々城を非難した。

はじめてのアナルセックスは二人とも秒殺状態とあいなった。すさまじい快感にただ揉みくちゃにされただけで、堪能する暇なんかなかったが、心は満ち足りていた。

佐々城が慎重に腰を引くと、ずるりとそこから半分萎えた性器が出て行く。意思の力では締まりきらないそこに、佐々城が触れてきた。

「ひあっ」

なにをするんだ、と頭を起こして見遣れば、かすかに頬を上気させた佐々城がまじまじとそこを見ている。

「傷つけていないか確かめている。それに、中出ししてしまったので……」

「そうだ、ゴムしていませんでしたよね。ダメじゃないですか、ちゃんとしないと」

「だがはじめて君と体を繋げる記念すべき日に、無粋なゴム製品の膜などあるべきではないと思ったのだ」

冗談ではなく本気でそう主張するから佐々城はすごい。男の恋人の尻に指を入れて、全裸でそんなことを力説する大企業の社長さん。可愛いすぎて面白すぎて、永輝はプッと吹き出してしまった。

「私はなにかおかしなことを言ったか？」

「いえ、なにも」

永輝は腕を伸ばして佐々城に抱きつき、甘えるように逞しい胸に顔を擦りつけた。

「だったら中出しした責任取ってくれます？」

「なにをすればいい？」

「いっしょにシャワーを使って、洗ってくれればいいです」

佐々城は目を丸くしたあと「それは素晴らしい責任の取り方だ」と頷いた。さっそく、足元がおぼつかない永輝を抱っこして、佐々城は主寝室のシャワールームに運んでくれた。狭いスペースに二人で立って、熱い湯を浴びる。潤滑剤と体液をきれいに流したあと、佐々城は永輝の後ろにシャワーのノズルを当てて洗ってくれた。

指で広げたところにシャワーを注がれ、さらに指で掻き出すようにされて、敏感になっているそこは当然のように感じてしまう。

「んっ、マズいです、博憲さん……、そんなにしたら……俺……あっ……」

勃起してしまった永輝を、佐々城は宥めるように体中を撫でてくれる。乳首を摘まれて、立ったまま悶えた。また欲しくなってしまう。たった一度のアナルセックスで、永輝はもうその快感と充実感が忘れられなくなった。佐々城もきっとそうだ。おなじように勃起している。

「お願い、入れてください」

壁に手をついて尻を突き出すようにすると、佐々城がためらいながらも尻を手で割ってそこにあてがってきた。

「いいのか？　はじめてなのに二度もやって、体は大丈夫か？」

「うん、大丈夫。だから……」

シャワーの湯と羞恥で真っ赤になりながら、永輝はおねだりした。はぁ、と佐々城の熱い吐息がうなじにかかる。

「君に誘われたら、逆らえないよ」

佐々城が「仕方がないな」と呟いて、永輝が望むままに押し入ってきてくれた。まだ閉じきっていなかったらしく、挿入の痛みはない。限界まで広げられて、そこにみっちりと熱い杭《くい》を打ち込まれる感覚に、永輝は陶然とした。

（ああ、これだ、佐々城さんのペニス……。俺を欲しがってくれてる……）

さっきみたいに感じるところを抉《えぐ》ってほしくて、永輝ははしたないと思いつつも促す意味で尻を振った。背後で佐々城の呻きが聞こえる。

「永輝君、君の中……すごいよ……」

「き、気持ち、良く……なってる？　博憲さんも、感じてる？」

自分だけが快感に溺《おぼ》れているわけじゃないのなら、とても嬉しい。

「感じてるに決まってる。ああ、君は素晴らしい……」

腰をがっちりと摑まれた。ぬるりと引き出されてぞくぞくとした快感に震え、ぐっと奥まで突かれてのけ反った。狭いせいでうまく動けないことが逆に二人を興奮させているようだった。

「ああ、ああ、いい、博憲さ、んっ、いいよぅ」

「ここがいいのか？」

「あんっ、んっ、いい、そこ、いいっ！」

「こら、そんなに動いたら、抜けてしまうよ」

壁に押しつけられて、背後からガツガツと腰を使われた。勃起した性器が自分の腹と壁のあいだで押しつぶされる。痛いのか気持ちいいのかわからない。永輝はまた泣いていた。

「博憲さん、博憲さぁん、たすけて、おかしくなる、そこ、ダメ、もうダメ、ああっ、あーっ！」

片足だけ持ち上げられて、不安定な体位になった。抉られる角度が変わって、あらたな快感が襲いかかってくる。いきたいのに、二度目だからか、それとも性器を弄ってもらえていないからか、いけなかった。良すぎて辛い。望んで挿入してもらったが、もうじゅうぶんだ。

永輝は自分の手を伸ばして性器を摑んだ。佐々城の動きに合わせて扱く。すぐにでもいきそうになったが、またもや佐々城に手を外された。

「なに勝手なことをしているんだ？　私がいかせてあげるから、自分でやってはいけないよ」

そんなことをいったいいつ決めたのか。永輝は了承していない。抗議しようにもガクガクと激しく揺さぶられていてまともに言葉が紡げない。思考回路だってめちゃくちゃ乱れまくっている。

「ここ、擦ってほしいのか？」

佐々城が永輝の股間を大きな手でまさぐってくる。だらだらと先走りを垂らし続けている性器も、ぶらぶらと揺れている陰嚢も、まとめて乱暴に揉まれた。

「あっ、やあっ、あーっ、あーっ！」

一気に射精感が限界に達した。全身が震えて、佐々城の性器を絞るように締めつける。粘膜に熱いものが叩きつけられたのがわかった。その瞬間、頭が真っ白になった。ふっと意識が遠くなる。

「永輝君？　永輝？」

佐々城の胸に抱き留められたことまでは覚えている。そのあと、永輝はなにもわからなくなった。

気がつくと、永輝はベッドに寝かせられて佐々城に抱き寄せられていた。佐々城は穏やかな寝息をたてている。永輝はきちんとパジャマを着ていた。きっと佐々城が着せてくれたのだろう。

永輝が身じろぐと眠ったままの佐々城が腕に力を入れていっそう体が密着した。この体勢では寝苦しい。困ったなと思っているうちに、睡魔が襲ってきた。目を閉じると、すうっと意識が遠のいていくのがわかる。佐々城のぬくもりに包まれながら、永輝は心地よい眠りに引きこまれていった。


その数日後のことだった。

仕事から帰った佐々城の後ろから、浅野が「失礼します」と入ってきた。

「あれ、浅野さん」

毎日、浅野は佐々城を送迎してくれているが、家の中に入ってきたことはない。かつてはあったのかもしれないが、永輝が家政婦代行としてこの家に出入りするようになってからは、なかった。

なにか重大なことでも起こったのかと戸惑う永輝に、浅野が苦笑する。

「すこしだけお邪魔します。気がかりなことがありまして」

「気がかり……って？」

やはりなにかあったのかと佐々城の顔色を窺うと、普段より若干、機嫌が良いくらいに見えた。

「永輝君」

ほら、と無造作に薄い冊子をいくつも渡された。とっさに受け取ってから、なんの冊子かと見てみて――首を捻る。

「なんですか、これ？」

「見てわからないか？　結婚式場のパンフレットだ。いくつか集めてみた」

佐々城は隼人と手を繋ぐと、さっさとリビングへ行ってしまう。永輝は追いかけながら、チャペルに白い鳩が飛ぶ写真や、清楚なウェディングドレス姿の花嫁を目にして困惑する。

これはどういう意味だろう。結婚する気になったので、また婚活を再開するという意思表示だろうか。永輝がここに来てからまだ一カ月と数日しかたっていないのに――。

まさかアナルセックスをしてしまったら気が済んだとか？　永輝はもうお払い箱？

悪い予感しかしなくて、パンフレットを持つ手がわなわなと震えてくる。

「だ、だれか、結婚式を挙げるの？」

「だれかって、私と君に決まっているだろう」

「………は？」

優しく目を細めた佐々城は、茫然と立ち尽くした永輝の手から、いくつか冊子を抜き取った。パラパラとめくり、「すこし調べてみて驚いたんだが」と嬉々《きき》として語りはじめる。

「いまは、たくさんの式場が同性婚用のプランを用意しているんだな。ここなんかどうだ？　親族友人たちが集まりやすい場所がいいだろう？　すでに何件も同性婚を受け入れた実績があるそうだ。従業員の教育も徹底していると聞いた。招待客は何百人くらいになるかな。SaSaKiの関係者と三澤工芸の関係者を合わせると、たぶんずいぶんな人数になるだろうね。こっちの結婚式場は五百人が入れるホールがあるらしい。私が一度目の結婚をしたときは、こっちのホテルを使った。七百人まで入れる孔雀《くじゃく》の間というのがあって、芸能人のだれそれが披露宴をしたとか。まあ、式場に関しては君が気に入ったところでいいよ。衣装はどうしようか。君にはぜひ純白のタキシードを着てほしい。きっとものすごく似合うよ。天使のように美しい君が想像できる。せっかくだからフルオーダーで作ろうか。佐々城家が昔から懇意にしているテーラーがあるから、こんど二人いっしょに採寸へ――」

「ちょっと待ってください」

放っておくと朝まで喋っていそうなので、良く動く口に手を当てて止めた。

「ん？　なにかな？」

「博憲さん、質問していい？」

「なんでもどうぞ」

「いつ、俺が式を挙げたいって言いました？　言っていませんよね。博憲さんの口から、そういう話題が出たこともないと思うんですけど、俺の思い違いですか？」

「いや、たしかにそういう話はしていないが、普通、愛を確かめ合ったカップルは結婚するものだろう」

「普通はね、そうでしょうね。でも、俺たちは普通じゃありません。同性同士で結婚式を挙げる例がいくつもあることは、俺だってニュースで聞いて知っています。でも、俺は挙げたいと思ったことはありません。一度も、ちらりとも思ったことはないんですけど」

きっぱりと言い切ると、佐々城が不満そうな顔をした。

「どうして思ったことがないんだ？　私は白いタキシードを着た君と神の前で誓いをたてるなんて、素晴らしいことだと思うんだが」

「百歩譲って、二人きりならいいです。プラス、隼人ね。それ以上の人前で見世物みたいに博憲さんとキスするなんて、絶っっっっ対に、嫌ですからね！」

「見世物？　そんな、見世物だなんて、神聖な式だよ？」

「結婚式や披露宴自体が見世物みたいなものでしょう。あれは花嫁がきれいに着飾った自分を友人知人親戚の前で『私キレイでしょ。見て見て！』って一日限りの主役になる儀式じゃないですか。どうして俺がそんなことをしなきゃならないんです？　恥ずかしいでしょう！」

佐々城はしばし無言になり、ため息をついた。

「見世物は言いすぎだと思うが、たしかに、私はキレイで可愛い君をみんなに披露したいという気持ちはある。それは否定しない」

キレイで可愛い？　さっきも天使のように美しいとか言わなかったか？

（前から、おかしいおかしいと思っていたけど、博憲さん、完全におかしい……）

上がりこんでいる浅野にしっかり聞かれている。二人の関係を把握されているとしても恥ずかしさのあまり逃げ出したくなっている永輝を無視して、佐々城は悲痛な表情で目を閉じた。

「だが、私は君の白いタキシード姿を見たい。君の均整のとれた体にぴったりフィットするタキシードを誂《あつら》えたら、後光がさすほどに美しいに違いないんだ。想像するだけでぞくぞくするよ。そしてそのタキシードを私が脱がすんだ！」

カッと目を見開いた佐々城に凝視されて、永輝は引いた。隼人のそばに走っていって、耳を塞がなければならないような気がする……。

「私のこの手で純白のタイを解き、ボタンをひとつずつ外し、そして――」

「社長、そこまでにしておきましょうか」

浅野がやんわりと佐々城を制止しにかかった。ふっと佐々城の目に正気が戻る。

「隼人さんも聞いていますよ。話の続きはあとで、書斎でなさったらどうですか」

「ああ、そうだな。とりあえず、食事にしようか。着替えてくる」

佐々城がリビングを出て行く。永輝はぐったりとソファに座りこんだ。まだ手に持っていたパンフレットをローテーブルに投げる。

「大丈夫ですか、永輝さん」

「大丈夫じゃないです。なにあれ……いきなりどうしたんですか？」

浅野は佐々城が結婚式場のパンフレットを取り寄せたことを知って、今夜は上がりこんできたのだろう。いてくれて助かった。永輝だけでは佐々城の暴走を止められず、なにもかもが面倒臭くなってうっかり挙式に賛同してしまっていたかもしれない。

「社長の妹の和美《かずみ》さんをご存知ですか」

「はい、名前だけ。まだ会ったことはありません」

「今度、ご結婚されることになりまして。具体的な披露宴の日取りの話を聞いたので、おそらく、ご自分もそんな気になってしまったのでは……」

なるほど、と永輝はため息をつく。身近な人が結婚すると聞いて自分もその気に――という迷惑話はどこかで耳にしたことがある。でもそれは他人の笑い話としてで、まさか当事者になってしまうとは……。

「現在、社長の頭の中は、いわゆるお花畑状態のようです。しばらくすれば落ち着かれると思いますので、我慢していただけないでしょうか。社長は永輝さんに夢中です。鬱陶しいことが多々あると思いますが、佐々城家のためにも、我が社のためにも、短気を起こして、実家に帰ってしまわれることのないように、私からお願いします」

浅野が丁寧に頭を下げてきた。やめてくれよ、と思う。佐々城家だとか会社だとか、いっぺんに重圧を増やされてしまっては困る。ただ、佐々城を好きになっただけだ。好きになった男が、たまたま社長だっただけ。

(うわー、その『たまたま』ってヤツ、昔から腐るほどある少女漫画系の王道じゃん……)

姉の影響で少女漫画を読んだことがある永輝は、まさに自分がシンデレラ状態にあることに、いま気づいて猛烈に恥ずかしくなった。いつの間にやら玉の輿《こし》。なにかの標語になりそうだ。

「永輝さんとお父さん、けっこんするんですか？」

それまで黙っていた隼人が、不思議そうに聞いてきた。永輝はギクッと肩を揺らしたあと、できるだけにこやかな笑顔を作って「ど、どうだろうね……」と曖昧な言葉を返した。

「………」

隼人は賢い。なにを考えているのか、じーっと見つめてきた。澄んだ目で凝視されていると、悪いことをしているつもりはなくても居心地が悪くなってくる。

「もし、永輝さんとお父さんがけっこんするなら、ぼくははんたいです」

「えっ………」

ピキッと凍りつく永輝。厳しい顔つきになっている隼人に、茫然とした。佐々城との仲を反対されるのは当然で、まだ五歳の隼人に同性愛を理解してほしいなんて無理だと頭では納得しつつも、やっぱり隼人には祝福してもらいたいという気持ちがあった。

ショックのあまり頭が真っ白になった永輝は、なにも言えない。

「どうして反対なんですか？」

浅野が静かな口調で訊ねた。理由なんて聞かなくてもわかるだろ、聞くなよ、と浅野を恨めしく思ったが、隼人の口から出た言葉は想像していたのとは違っていた。

「永輝さんはぼくとけっこんするからです」

ふんっ、と鼻息も荒く隼人が宣言した。

「ぼくが大きくなるまで、永輝さんはだれともけっこんしてはいけません。それまでまっていてください」

「それはダメだ」

スーツから部屋着に替えてきた佐々城が、バーンとリビングに登場した。大人げなく隼人の前に仁王立ちし、「永輝君は私と結婚するんだ」と上から睨み下ろす。隼人は果敢に睨み返した。

「いいえ、永輝さんはぼくとけっこんするんです。ぼくは永輝さんが大好きです。ぼくのおよめさんにするんです！」

「私だって永輝君を好きだ。大好きだ。愛している。たとえ大切な一人息子が望んだとしても、永輝君だけは渡せない」

いったいなにを親子で言い合っているのか。永輝は頭痛がしてきた。いい年をした大人の佐々城が隼人と真剣に張り合ってどうするというのか。

「ちょっと、博憲さん、いい加減にしてください。なにムキになってんですか」

「ムキにもなるだろう。永輝君は私のものなんだぞ」

「ああ、はいはい。そうですね」

「ちがいます、永輝さんはぼくといちばんなかよしなんです。お父さんじゃない、ぼくです。だってぼくのほうが、永輝さんといっしょにいるじかんが長いんですから！」

たしかにそうだ。春休み中はとくに隼人とずっとべったりだった。佐々城がぐぬぬぬと歯噛みをする。まったく――と、永輝はため息をつき、浅野に視線で助けを求めた。

「それではこうしたらどうでしょうか。昼間の永輝さんは隼人さんのもの、夜は社長のもの。仲良くシェアすれば良いのでは？」

ベテラン秘書はとんでもない案を出してきた。自分はシェアされる人間だったのかと目を丸くしている前で、隼人が頷いた。佐々城も「それなら……」と渋々ながら納得したようだ。佐々城と隼人は仲直りの握手を交わす。なんと、諍《いさか》いは収まった。佐々城親子と付き合いが長い浅野は、二人の性格を熟知しているということか。

「そういうことだから、永輝君、夜は私のものだ。よろしく」

振り返った佐々城がにんまりと笑う。表情が豊かになってきたのは喜ばしいことだが、この笑顔はいただけない。浅野が呆れたように肩を竦めたのが視界の端に見えて、永輝は恥ずかしさに耳が熱くなった。

佐々城の顔には、あきらかに「今夜も頑張るぞ」と書かれていたのだった。

あとがき

はじめまして、あるいはこんにちは、名倉和希《なくらわき》です。このたびは拙作「婚活社長にお嫁入り」を手に取ってくださって、ありがとうございます。

今回は婚活中の社長さんが、お見合い相手の弟にうっかり堕《お》ちてしまう話です。家政夫モノでもありますし、育児モノでもあるという、大変贅沢《ぜいたく》なつくりになっております。はい。

私は子供が好きなので、隼人《はやと》を書けて楽しかったです。隼人が小学二年生レベルの漢字を習得しているという設定にしたので、二年生の漢字ってどんなんだっけ、と調べてみました。育児から遠ざかっているので忘れていましたが……わりと多いですね。そして日常的に使用する大切な漢字ばかり。そして三年生になると急に漢字が増えて、四年生はさらに増えて――となっていきます。小学生って大変だ、と改めて思いました。世の中の子供たち、ガンバレ。めげるな。

話の終わりの方で、佐々城《ささき》が十年後の隼人を心配するくだりがありましたが、たぶんそういうことにはならないのではないかと思います。隼人は賢いので、早々に永輝《えいき》が父親を心から愛していることに気付き、邪魔はしないような……。すぐに外に目を向けて、中学生あたりから恋人探しをしそうです。もちろん勉強もしっかりしますよ。永輝に勧められてはじめたスポーツもそこそこにこなすでしょう。文武両道の優等生で、ストイックそうな外見でありながら、内に秘めた恋心はボーボー燃えているという――。面白そうです。この人と決めたら外堀から埋めていって逃がさないようにして、めちゃくちゃに可愛《かわい》がりそうです。計算高いけれど純情で一途でエロい。良いですねー。隼人にロックオンされた相手は諦めてすべてを委ねるしかないです。きっと。

さて、今回のイラストは兼守美行《かねもりみゆき》さんです。イメージ通り……いえ、それ以上の佐々城と永輝と隼人に、私は狂喜乱舞しました。さすがです。素晴らしいです。嬉《うれ》しいです。本当にありがとうございました。

この本が出るころ、信州《しんしゅう》はまだ真冬の寒さに凍《い》てついていると思います。春が待ち遠しい。けれど夏は来なくていい。暑さは苦手です。冬の雪対策は大変ですが、それでも信州に住んでいるのは夏の快適さゆえです。みなさん、夏の避暑にはぜひ信州へ。

それではまた、どこかでお会いしましょう。

名倉和希

閉ざされた初恋《とざされたはつこい》

名倉和希
イラスト：緒田涼歌

本体価格 855 円+税

両親の会社への融資と引き替えに、大企業を経営する桐山千春の愛人として引き取られた、繊細な美貌の黒宮尋人。『十八歳までは純潔なままで』という約束のもと、尋人の生活は常に監視され、すでに三年が経っていた。そんな尋人の唯一の心の支えは、初恋の相手で洗練された大人の男、市之瀬雅志と月に一度だけ逢える事。今でも恋心を抱いている雅志から「絶対に君を救い出す」と告げられるが、愛人として身を捧げる日は迫っており――!?

リンクスロマンス大好評発売中

ラブ・トライアングル

名倉和希
イラスト：亜樹良のりかず

本体価格 855 円+税

優しく純粋な性格の矢野孝司は理髪店を営んでいる。みせには近所に住む槇親子が通っており、孝司は探偵業を営む父親の嵩臣と、高校生の息子・克臣から日々口説かれ続けていた。ある時、突然現れたヤクザの従兄弟・大輔に店の土地を寄こせと脅される。以来、大輔からの嫌がらせが続くが、怯える孝司に槇親子は頼もしく力になってくれた。孝司は急速に槇親子に惹かれていくが、牽制し合う二人はどちらか一人を選べと迫ってきて――!?

手を伸ばして触れて《てをのばしてふれて》

名倉和希
イラスト：高座 朗

本体価格 855 円+税

両親が殺害され、自宅に火をつけられた事件によって視力を失ってしまった雪彦。事件は両親の心中として処理されてしまい、雪彦は保険金で小さな家を建て、静かに暮らしていた。そんなある日、図書館へ行く途中、歩道橋から落ちかけたところを、桐山という男に助けられる。その後も、何かと親切にされるうちに雪彦は桐山に心を寄せ始める。しかし桐山は事件を調べていた記者として、雪彦に近づいてきていて……。

リンクスロマンス大好評発売中

レタスの王子様《れたすのおうじさま》

名倉和希
イラスト：一馬友巳

本体価格 855 円+税

会社員の章生とカフェでコックとして働く伸哉は同棲を始めたばかりの恋人同士。ラブラブな二人だが、章生には伸哉に言えない大きな秘密があった。実は、重度の偏食で伸哉が作るご飯が食べられないのだ。同棲前までは何とかごまかしていたが、毎日自分のためにお弁当まで作ってくれる伸哉に、章生は大きく心を痛めていた。しかも、同僚の三輪に毎日お弁当を食べてもらっていた章生の様子に、伸哉は何かを隠していると、疑い始めてしまい……。

無垢で傲慢な愛し方《むくでごうまんなあいしかた》

名倉和希
イラスト：壱也

本体価格 870 円+税

天使のような美貌を持つ、元華族という高貴な一族の御曹司・今泉清彦は、四年前、兄の友人であり大企業の副社長・長谷川克則に熱烈な告白をされた。出会いから六年もの間、十七も年下の自分にひたむきな愛情を捧げ続けてくれていたと知った清彦はその想いを受け入れ、晴れて相思相愛に。以来「大人になるまで手を出さない」という克則の誓約のもと。二人は清い関係を続けてきた。しかし、せっかく愛し合っているのに本当にまったく手を出してくれない恋人にしびれを切らした清彦は、二十歳の誕生日、あてつけのつもりでとある行動を起こし……!?

リンクスロマンス大好評発売中

恋する花嫁候補《こいするはなよめこうほ》

名倉和希
イラスト：千川夏味

本体価格 870 円+税

両親を事故で亡くした十八歳の春己は、大学進学を諦めビル清掃の仕事に就いて懸命に生きていた。唯一の心の支えは、清掃に入る大会社のビルで時折見かける社長の波多野だった。住む世界が違うと分かりながらも、春己は紳士で誠実な彼に惹かれていく。そんなある日、世話になっている親戚夫妻から、ゲイだと公言しているという会社社長の花嫁候補に推薦される。恩返しになるならとその話を受けようとしていた春己だが、実はその相手が春己の想い人・波多野秀人だと分かり……!?

ひそやかに降る愛《ひそやかにふるあい》

名倉和希
イラスト：嵩梨ナオト

本体価格 870 円+税

瀧川組若頭・夏樹の側近を務める竹内は、恋人がいると知りつつも秘めた想いを寄せていた。そんな竹内の元に、夏樹に似た人物がいるという噂が舞い込む。彼が働く店へ様子を見に行くことになった竹内だったが、そこで出会ったのは姿形は瓜二つながら夏樹とは正反対の繊細で儚げな空気を纏った聡太という青年だった。偶然、客にからまれていた聡太を助けたことがきっかけで、竹内はそれ以降も聡太を気に掛けるようになる。天涯孤独だという聡太の、健気さや朗らかさに触れるうち、今まで感じたことのない焦れた想いを抱えるようになる竹内だったが……。

リンクスロマンス大好評発売中

恋人候補の犬ですが《こいびとこうほのいぬですが》

名倉和希
イラスト：壱也

本体価格 870 円+税

繊細な美貌の会社員・結城涼一は、義父・和彦への淡い想いを長年密かに抱え続けていた。そんなある日、涼一は執拗に言い寄ってくる部長にセクハラまがいの行為をされていたところを、年下のガードマン・菅野俊介に助けられる。なぜか懐いてきた俊介に、「あなたを守らせてください！」と押し切られ、何かと行動を共にするようになった涼一。爽やかで逞しく、溌剌とした魅力にあふれた俊介は、優しく穏やかな義父とはまったくの正反対だった。好意を向けられても困ると、熱心過ぎる警護に辟易していた涼一だが、次第に情熱的な彼の想いが嬉しいと感じるようになり……？

満月の夜は吸血鬼とディナーを

まんげつのよるはきゅうけつきとでぃなーを

水壬楓子

イラスト：山岸ほくと

本体価格 870 円+税

教会の「魔物退治」の部門に属し、繊細な雰囲気の敬虔な神父である桐生真凪は、教会の中でも伝説のような吸血鬼・ヒースと初めてコンビを組んで、日本から依頼のあった魔物退治に行くことになる。長身で体格もいい正統吸血鬼であるヒースに血を与える代わりに、「精」を与えなければならず、真凪は定期的にヒースとセックスをすることに。徐々に彼に惹かれていく真凪だが、事件を追うにつれヒースが狙われていることを知り、真凪は隠れているように指示し、自分は必死に黒幕の正体を探ろうとする。しかし、逆に真凪が拉致されてしまい……。

リンクスロマンス大好評発売中

寂しがりやのレトリバー

さみしがりやのれとりばー

三津留ゆう

イラスト：カワイチハル

本体価格 870 円+税

高校の養護教諭をしている支倉誓は、過去のある出来事のせいで誰かを愛することに臆病になり、一夜限りの関係を続ける日々を送っていた。そんなある日、夜の街で遊び相手の男といるところを生徒の湖賀千尋に見られてしまう。面倒なことになったと思うものの、湖賀に「先生も寂しいの？」と聞かれ戸惑いを覚えてしまう支倉。「だったらおれのこと好きになってよ」と縋りつくような湖賀の瞳に、どこか自分と似た孤独を感じた支倉は、駄目だと思いつつ求められるまま身体の関係を持ってしまうが──。

この本を読んでのご意見・ご感想をお寄せ下さい。

〒151-0051
東京都渋谷区千駄ヶ谷4-9-7
(株)幻冬舎コミックス　リンクス編集部
「名倉和希《なくらわき》先生」係／「兼守美行《かねもりみゆき》先生」係

リンクス ロマンス

婚活社長にお嫁入り

2017年2月28日　第1刷発行

著者…………名倉和希《なくらわき》
発行人…………石原正康
発行元…………株式会社　幻冬舎コミックス
〒151-0051　東京都渋谷区千駄ヶ谷4-9-7
TEL 03-5411-6431（編集）
発売元…………株式会社　幻冬舎
〒151-0051　東京都渋谷区千駄ヶ谷4-9-7
TEL 03-5411-6222（営業）
振替00120-8-767643
印刷・製本所…株式会社　光邦
検印廃止

ISBN978-4-344-83933-5 C0293
Printed in Japan

幻冬舎コミックスホームページ　http://www.gentosha-comics.net